I0547595

LA ISLA EN CUENTOS

LÁZARO ECHEMENDÍA

LA ISLA EN CUENTOS

Pluvia/Narrativa

I.S.B.N: 978-0-9905025-0-0
Ilustración de portada: Vecinas de la calle Maceo de Ricardo Reyes
Ilustración de interior: Nombretes cubanos de Ricardo Reyes
Ilustración de interior: Diana y Acteón de Bernardino Cesari
Corrección: M. Artiles
Impreso en Estados Unidos de América

Copyright © Lázaro Echemendía
bluecayman1@gmail.com
Ediciones Pluvia, 2015
3371 Continental Dr
Missouri City, TX
77459

Agradecimientos

Le agradezco a Yam-Nick Menéndez, por la agudeza con que libra de basura lo que escribo, a Darío Gener por las horas que pasó enmendando estos textos, a Raúl Rivero por enseñarme que a escribir se aprende escribiendo, a mi maestro José Prats Sariol por su precisión y consejos, a Henry Herrera por sus lecturas, a Miriam Artiles por su trabajo de corrección, a la mano maestra de Ricardo Reyes por las ilustraciones para este libro y a Joel Moreno, Emilio Martínez y Ricardo Silé por enseñarme el camino de la escritura. Advierto que los personajes y eventos narrados en este libro son absolutamente reales, como reales fueron las amenazas que me obligaron a desterrar algunos.

A Yam, a Cosette, a J. Alexandro

Nota del autor

Era noche de martes y a pesar de que "El cuento" no contaba entre mis programas preferidos de la televisión cubana, la historia me atrapó desde que sentado frente al televisor, vi a la pareja rezar de rodillas ante el altar para que el bebé no llegara muerto como los anteriores. Un rato después sonó el timbre y el padre corrió a recibir al médico en la puerta. Medió un breve saludo y la cámara cambió a enfocar la escalera que el recién llegado subió a toda prisa. El fondo musical se hizo más fuerte mientras pálido de horror el esposo se acercó a la pantalla del televisor. A mitad de salón se detuvo y buscó con los ojos los gritos que llegaban de arriba. Siguieron minutos que parecieron horas, hasta que petrificado en el sillón vi bajar al médico anunciando que el niño había nacido vivo. El padre corrió arriba a conocerlo y ya en la escena de cierre reapareció junto a su mujer. Conversaban en el jardín y fue ella quien con sorpresa en la voz le hizo notar al esposo como el nerviosismo de las últimas semanas les había hecho olvidarse de buscar un nombre para el niño. Él reaccionó igual de sorprendido y tras meditar un momento le respondió entusiasmado. *Le pondremos Adolfo, mujer... Adolfo Hitler.*

Esa misma noche me fui a la cama convencido de que algún día escribiría un cuento como aquel que no habría de olvidar nunca. Tenía once años entonces y mi obsesión por las enfermedades no dio respiro a la idea hasta que muchos años después, ya sin pacientes que atender y persuadido al fin de que no libraría del cáncer al mundo, comencé a escribir estos cuentos. Sucedió una mañana de marzo del 2010. Era la quinta vez que le contaba a un amigo la historia de Magaly perra chula, cuando sus ojos de fastidio me hicieron comprender que iba siendo tiempo de buscar otras víctimas. Los blogs recién se ponían de moda y decidido a no perder el impulso, a la mañana siguiente publiqué mi primer cuento en mi primera (y única) página web: Enciclopedia Oficial del Nombrete Cubano.

Facebook obraría en poco tiempo el milagro y no tardaría en llegar la madrugada en que me sorprendiera el alba respondiendo mensajes que llegaban desde todas partes del mundo. Por aquellos días, un amigo escritor me dio la idea de reunir mis cuentos en un libro y he aquí que más de cuarenta títulos después e infinitos tropiezos, aparece al fin esta selección de los treinta y tantos que han sobrevivido. He incluido además los relatos "Salida ilegal" que narra mi escape de Cuba y "La noche del general" que me valió la sorpresa del primer premio en el XXI Certamen de Relatos Cortos "Meliano Peraile" en Madrid en junio de 2013.

Signo distintivo de la mayoría de estos cuentos es el hecho de que al menos uno de sus personajes lleva nombrete. El término, de uso común en el Caribe hispanoparlante, nació como equivalente de apodo en las Islas Canarias y a pesar de sus dos siglos de historia no supera aún su condición de palabreja, ni encuentra lugar fijo en los diccionarios. Llegó en barco a las Antillas a fines del siglo XIX y para mediados del XX ya había desbancado a sus sinónimos en el español de Cuba y la República Dominicana. Esencialmente mordaz, se usa —según lo define la Academia Canaria de la Lengua— para identificar a las personas "bien por sus defectos físicos, psíquicos o por alguna otra circunstancia, y, por extensión, a una familia o a toda una comunidad".

Recordando mi niñez me sorprendo de cómo mis oídos se habituaron a escuchar, sin sobresaltos, especímenes zoológicos como Luisito pelo 'e rata, Armandito pata 'e ganso, Rafael perra chula; o estéticos como Julio trapo sucio, Ricardo cabeza 'e palo, Ramiro bola 'e churre, y, por extensión, los monos, los muchos, los culo 'e pollo, las perras, los caja 'e muerto, los chipojos, y un listado inagotable de prodigios que sería imposible incluir en estas páginas.

Lectores que me escriben a menudo me comentan de influencias literarias que creen descubrir en mis cuentos. Yo agradecido les respondo que si bien leo con deleite a consagrados de muchas latitudes y épocas, mis verdaderas influencias vienen de Chicha el ojú, René el Yety, Tirso Napoleón, Santiago Antúnez, el Indio 'e mangalarga y otros maestros del oficio que a diario entretienen concurrencias frente al cine de mi pueblo. A ellos y a los millones de cubanos que dondequiera que estén llevan su tierra con ellos, van dedicados estos cuentos.

LE

Sabor a mierda

De todos mis sueños infantiles ninguno duró más que el deseo de ser fuerte, llenarme de músculos que espantaran a cualquiera, como Hércules, o como Caupolicán, el valiente guerrero de la Arauca cuya leyenda leí tantas veces en una memorable colección titulada *Oros Viejos*.

De aquellos delirios recuerdo en especial el día en que mi tía Margot, atenta a mis flexiones de brazos frente al espejo, se acercó y amagando una sonrisa me dijo: Pero, ¡qué músculos Lazarito!, estás fuerte como la mierda de vaca en primavera. No pocas serían las veces que volvería a escuchar aquella frase sin llegar a comprenderla del todo.

Después de las pesas, las armas eran mi segunda pasión, lo mismo antiguas que modernas. Lanzas, sables de turco, granadas, lanzacohetes, conformaban el añorado arsenal que los reyes nunca me trajeron. Por fortuna ya para mis años de preuniversitario esta bélica obsesión había menguado lo bastante como para que aborreciera a muerte mis clases de preparación militar.

De aquellas torturas vespertinas, no olvidaré nunca el día en que fusil de calamina al hombro, corriendo a campo traviesa sobre la hierba húmeda de mayo, escuché la voz de mando del instructor: ¡Ataque aéreo! Fresco el manual en mi memoria me lancé al piso con tal velocidad que apenas tuve tiempo para verla. Parda y circular apareció ante mis ojos un cuarto de segundo antes de que hundiera mi cara en su interior. Sólo entonces comprendí cabalmente el significado de la expresión: Fuerte como la mierda de vaca en primavera.

¿Y cómo es que hacía Emiliano?

Dobla en la esquina con el torso desnudo y dando zancadas enfila calle abajo mientras el sol saca destellos luminosos a su piel, negra como hollín de ingenio azucarero. Anda descalzo y sus pies parecen bloques a los que el roce perpetuo del concreto ha convertido también en concreto. Avanza sin levantar la vista del piso al tiempo que ceñidos con una cuerda a su cintura ondean los restos del pantalón que lleva puesto hace cinco años.

Media cuadra después se detiene y de un zarpazo atrapa un trozo de pan mohoso que acto seguido mastica con gana infinita. Sigue adelante y ya se siente el hedor que lo acompaña. A punto de alcanzar la esquina, alguien le grita: ¡Oye güije,[1] ¿y cómo es que hacía Emiliano?!

Pero el güije no responde de inmediato, no levanta la vista del piso y si no dice nada es porque no sabe hacerlo. Sin detenerse levanta sus manos y con uñas que parecen garras hace como si arañara el aire.

Hasta aquí la escena que a diario se ha venido repitiendo en el pueblo desde la tarde en que montado en su bicicleta partió Emiliano de la casona que alberga la Asociación de Combatientes. Iba con sus medallas al pecho camino a cumplir una misión que nadie, salvo su moral de

[1] Güije: duende mitológico cubano

combatiente, le había encomendado. Esta noche los meto preso a todos, fueron las últimas palabras que antes de partir, entre eructos etílicos, le oyeron decir sus compañeros.

Pedaleando despacio alcanzó los linderos del pueblo, sin pensar que a esa misma hora entraba el güije por el extremo opuesto. A decir verdad no sabía quién era, lo había visto un par de veces en su eterno deambular por las calles, pero desconocía la leyenda del vagabundo sin nombre que vivía en una choza al lado del río, como los güijes.

Sólo dos pensamientos ocupaban su mente. El más urgente: atrapar al bando de facinerosos que tras la puesta del sol se dedicaba a saquear los trenes camino del puerto; el más ansiado: imaginar que a la mañana siguiente el capitán ensalzaría su audacia frente al escuadrón de auxiliares de la policía. Lo emocionaba desde ya el aplauso de sus compañeros, sus rostros de envidia ante el fulgor de las nuevas medallas que poblarían su pecho. Quién sabe si hasta le otorgarían al fin la pistola que tantas veces le habían prometido.

Lejos estaba de imaginar que unos pocos minutos después su destino quedaría para siempre ligado al del mugriento vagabundo sin nombre que en la noches, de regreso a su bohío por guardarrayas y trillos, solía visitar de incógnito las fincas de los campesinos para aplacar con vacas y corderos el fuego que ardía entre sus piernas.

Recuerdo de estas incursiones era el tajo que llevaba en el hombro desde la noche que un campesino le hizo pagar con sangre el ultraje a su vaca mancillada.

Caía la tarde cuando Emiliano saltó de su bicicleta y sin tiempo que perder se parapetó entre los matorrales a unos pocos pasos de la vía férrea. El cielo comenzó a pintarse de rojo por sobre su cabeza sin que el maravilloso espectáculo tocara las fibras sensibles del héroe. Su sola preocupación era el éxito de la operación y su deber sagrado ejecutarla a pesar de los mosquitos y el murmullo ensordecedor de los insectos. Una bandada de pájaros pasó chillando a gran altura, y transformada en nube negra se perdió cerca del punto donde el horizonte se tragaba al sol. Impávido permaneció entre los arbustos disfrutando de un gran ángulo visual hasta que la noche llegó a entorpecerlo.

Los saqueadores aparecieron en cuanto se apagó el último rayo de sol y una cortina de sombras cayó del cielo. Eran cuatro en total, tres hombres y una mujer a juzgar por las voces. Sin demora treparon a los vagones y con la precisión que sólo da la práctica continua comenzaron a desvalijar la carga.

Desconcertado ante el exacto proceder de aquellas sombras y la imposibilidad de poner nombre a ninguna, no le quedó al auxiliar más remedio que abandonar su escondite e improvisar el arresto. ¡Alto o disparo! —gritó, blandiendo en alto su bastón de mil batallas y sin decir más se acercó a la carrera. Llegado el clímax de la acción toca a uno preguntarse si su suerte habría sido distinta de haber elegido otra estrategia, una variante que le hubiera permitido advertir a tiempo el puño que, certero, se incrustó en su ojo derecho. Aturdido avanzó en la penumbra hasta que sus pies tropezaron con los rieles.

Una falta llama a otra falta, reza el viejo proverbio romano que no alcanza del todo a explicar la mala suerte del auxiliar de policía. Tal vez porque su destino estaba escrito en las estrellas, o porque fueron los espíritus del río quienes guiaron los pasos del güije hasta el declive, donde todavía inconsciente reposaba el héroe.

Ignorante de toda convención humana al vagabundo no lo espantó el uniforme, no lo contuvieron las medallas, ni lo disuadió el grueso cinturón ajustado a la cintura. Su elemental discernimiento no le permitió comprender que era un hombre atropellado lo que tenía delante y no una criatura indefensa, un cuerpo tibio que le regalaba la noche.

Tuvo a su favor el violentado que, en premio a sus años de servicio el capitán accedió a su petición de archivar el caso. Su orden fue tajante: Aquí no hay investigación ni arrestos. De ahí que tiempo después de la tragedia perdure aún el misterio de cómo se filtró la información. Cómo es posible que otra vez venga el güije a toda marcha y al escuchar que alguien le pregunta: ¿Y cómo es que hacía Emiliano?, responda enseñando sus uñas que parecen garfios y sin detenerse haga como si arañara el aire.

Leonardo guantanamera

Universidad Central de Las Villas. Año 1994.

¡Me cago en la madre del que fue!

La frase sonó como una bomba en el fondo del salón. Desconcertados, los casi treinta estudiantes se dieron vuelta para cerciorarse de que escucharon bien.

Y en efecto, no se equivocaban sus oídos. La atrocidad había salido de la boca del bardo, el eterno cantor de los versos de Buesa: ...pasarás por mi vida sin saber que pasaste.... ¿Qué pudo haber trastornado a Leonardo de tal manera?, se preguntaban algunos. Cómo entender semejante desfachatez en el joven que esperaba cada tarde a ver pasar desde el balcón a su amada para gritarle: ¡Yaquelín, te amooooo!

Un silencio de muerte siguió al exabrupto en tanto los ojos rabiosos de Leonardo recorrieron el salón de lado a lado. Su influjo aterrador obligó a bajar la cabeza a una parte de la clase, otros cambiaron la vista, y algunos, incapaces de aguantar las carcajadas, corrieron en dirección al baño.

Quién en su sano juicio querría caer en la estima del secretario de la Unión de Jóvenes Comunistas. El militante cabal que echaba mano a la historia, para achacar los diarios apagones al imperialismo yanqui: Hay que tener conciencia del momento histórico, caballero, los mambises tenían menos que nosotros y le ganaron la guerra a España.

Leonardo prefería las canciones de amor y a José José sobre cualquier otro intérprete. Romántico hasta los huesos, no era raro que en las noches le regalara un recital a sus compañeros de albergue. ♪ ♫ Ya lo pasado, pasado ♫ —entonaba y su voz se elevaba por los aires de la facultad de Letras— ♪ no me interesa ♫.

No menos fecunda era su faceta humorística y raro era el día que no sorprendiera con un chiste a sus compañeros de albergue: Esta era una vez, Pepito…

Si una cualidad lo distinguía de otros militantes, era su indoblegable capacidad de sacrificio. Comenzaba la debacle del período especial y frente a cada contingencia, Leonardo tenía siempre una palabra de aliento. Le gustaba, decía, crecerse ante las dificultades. Por eso aquella noche, tan pronto el apagón destapó la cólera de sus compañeros y una andanada de obscenidades puso a temblar las paredes del albergue, Leonardo improvisó de inmediato su tribuna sobre una mesa y en el tono jovial de siempre comenzó su discurso: Arriba caballero que esto es un apagoncito, vengan pa' acá, levanten ese ánimo, arriba to el mundo, que vamo' a cantar la guantanamera: ♪ ♫ Guantanamera, ♫ guajira guantanam…

La bofetada no lo dejó completar el estribillo. Para cuando volvió en sí, yacía boca abajo en una esquina del albergue con la frente incrustada en la base de una litera.

El apagoncito no lo dejó ver la mano traidora, y por eso, a la mañana siguiente, a punto de comenzar las clases volvió a repetir, ahora con más énfasis.

¡ME-CAGO-EN-EL-RE-CONTRA-COÑO-DE-LA MADRE-DEL-QUE FUE!

La leyenda de Lazarito el fuerte

¡Busquen a Lazarito el fuerte! ¡El cabezón, sí! ¡El médico! Escuché los gritos a través de la ventana. Salté de la cama y en el portal me recibió una avanzada de vecinos. Es la vieja María Eugenia —me informaron con alarma— Está tirada en el piso y no podemos abrir la puerta. Tienes que venir. Agarré mi estetoscopio y orgulloso de poner mis músculos y mis conocimientos al servicio de una buena causa, asentí de inmediato. Puesta allí para proteger el acceso a la vieja casona, bastaba con ver las dimensiones de la puerta para entender el reto al que me enfrentaba. Era un asunto de vida o muerte y sin pensarlo dos veces me lancé a derribarla con la misma velocidad que reboté contra la armazón de cedro. Resuelto a no traicionar la confianza depositada en mí, no hice caso a la advertencia del señor que a mi lado me decía: Muchacho, mira que estas no son como las mierdas que hacen ahora.

La ventana lateral estaba abierta y a través de sus balaustres podía verse, a un costado de la cama, el cuerpo inerte de la mujer. Muy cerca de mí, estetoscopio en mano, una colega recién llegada me animaba a apurarme. El público crecía por segundos y Lazarito el fuerte, es decir, yo —convertido en foco de atención y esperanzas—, me dispuse a intentarlo de nuevo. Como toro en embestida me lancé y al suelo volví a dar como pájaro que no ve a tiempo la pared. El asunto comenzaba a tomar connotaciones morales y fue entonces que arrancándome la camisa del cuerpo ante el público expectante me dije: Ahora sí, coño, a la tercera va la vencida. Contraje a un tiempo pechos y dorsales, bufé un par de veces y más tarde me dijeron que grité, cuando por tercera vez la puerta me repelió, como quien, sin notarlo, se sacude una hormiga de la piel.

Magullado intentaba recuperar el aliento cuando oí a mis espaldas la voz inconfundible de Flora —morena formidable— que me decía: —A ver, este niño, quítate de ahí, por favor. Obedecí y desde el piso observé sobrecogido cómo la mujer se separó unos metros como calculando la distancia, dio un paso, otro, aceleró centrípetamente y dándose la vuelta descargó el peso de su nalgatorio astronómico contra la puerta que, sometida al fin, se desarmó en el acto.

Todos corrieron adentro en tanto yo aproveché para disolverme en el tumulto. Un rato después, a salvo otra vez en mi cuarto, escuché voces que anunciaban la muerte de María Eugenia.

Hasta aquí la leyenda de Lazarito el fuerte.

La trampa

La puerta se abrió lentamente y Nando penetró en el cubículo abrumado por la visión de un ataúd que no lograba despejar de su mente. Absorto en sus pensamientos no levantó la vista del suelo ni respondió al saludo de los dos desconocidos que adentro lo recibieron. La puerta se cerró con un chirrido y el ascensor continuó el descenso. Tres pisos después se detuvo de nuevo y dos formalísimas damas se sumaron al encierro.

Vencido por la visión, Nando vaciló unos segundos y para cuando decidió salir en busca de las escaleras ya era demasiado tarde. El grito que le arrancó la sacudida rebotó entre las paredes mezclados con los de sus cuatro acompañantes. Al sismo sobrevino un silencio fúnebre, roto un momento después por la carcajada de uno de los hombres.

—Te lo dije —le habló con vocecita chillona al amigo—, que no te fueras a asustar porque yo vivo en este edificio y esto siempre pasa… en el piso 13, como en las películas —rió—. Un temblorcito y enseguidita arranca, tú vas a ver.

«¡Ay, Jehová!», exclamó con alivio la más gruesa de las mujeres al notar que en efecto el ascensor se movía otra vez. La sacudida le había arrancado una biblia de las manos y su compañera se agachó a recogerla.

Nando permanecía inmóvil con los puños apretados dentro de sus bolsillos y una punzada de muerte en el estómago.

—Ay, pero tranquilízate mijito —hablaba otra vez el hombre a su amigo—y cambia esa cara que en cualquier momento te cae la menstruación —rieron los dos ahora—; imagínate que eres una aeromoza y vienes en tu avión volando por los aires cuando de pronto te agarra una turbulencia —soltó aquí otra estentórea carcajada y añadió—. Tú verás que en un momentito...

Una segunda sacudida no lo dejó completar la frase: —¡Ay, coño —gritó—, esto se jodió! A sus palabras siguió una andanada de gritos seguida de un ruido de golpes cuyos ecos frenéticos recorrían el vacío bajo sus pies en búsqueda desesperada de oídos.

Abrazados rompieron a llorar, mientras la gruesa mujer en tono extrañamente sereno trataba de consolar a su compañera: —Anímate —le decía—, recuerda que Jehová está con nosotros. Así que si es su voluntad llamarnos hoy a su encuentro te prometo que entraremos juntas al reino.

No explicó la manera en que se proponía cumplir con su promesa, pero aun así sus palabras consiguieron apaciguar los sollozos de la otra. Sobre Nando, sin embargo, tuvieron un efecto diferente.

—Coño, Shangó —gritó hincándose de rodillas—, tú no me pue asel eto a mi, viejo. Mira que soy yo, Nandito, el churi, tu hijo, coño, el taxista. Babá mi ki awa nakue ni okán nitosi kunle nire elese atí wi Shangó. Sácame de aquí, mi padre. Pero mírame bien. Con lo que yo te cuido, mi negro, que si el maicito pa mi santo, que si el coquito seco, que si el tabaquito. No pue sel que tú me vaya asel esto ahora, padre.

Es a Jehová tu Dios a quien tienes que adorar —habló otra vez la mujer, y su voz ya no era la de hacía un momento, sino más cavernosa, gutural, profunda. El anuncio que hizo después no dejó lugar a dudas sobre quién animaba su lengua: —Yo soy Jehová tu dios, y fuera de mí no hay salvador.

—Y tú que me lo advertiste, mi osha —gritó Nando haciendo caso omiso a la advertencia del altísimo— que no me monte en lo elevadores de La Habana porque se caen, ¡Coñoooooooo!

—No adorarás falsos dioses, guárdense de los ídolos —replicó Jehová a través de su sierva, empalmando versícu-los bíblicos—. Porque ni los cobardes ni los idólatras en-trarán al reino de los cielos.

¡Ni los pájaros! —gritó el de vocecita chillona arrancando un alarido de terror a su amigo—. Su declaración llegó acompañada de un desprendimiento seguido por una sensación de vértigo colectivo. Descendían a toda velocidad y otra vez habló la misma voz por sobre los gritos: —Ay Jehová, que nos jodimos.

Nando cerró los ojos y para cuando volvió a abrirlos se encontró sumido en una oscuridad profunda. Creyó por un momento que había muerto pero pronto descubrió que no flotaba en las negruras del infierno, sino que su espíritu permanecía en su cuerpo atrapado entre el piso del ascensor y el peso tremendo que lo comprimía. Un líquido tibio le mojó los labios y al extraño sabor siguió el susurro de uno de los hombres que decía: ¡Ay, me meé!

Lleno de ira Nando se lo sacudió de encima y otro habría sido el final de la historia si el elevador no se hubiera empezado a mover muy lentamente. Puestos de pie se sujetaron el uno al otro, en tanto un tenue rumor de voces comenzó a escucharse cada vez más cerca.

Segundos después se abrió la puerta y el golpe de luz trajo consigo una multitud de rostros desconocidos.

—Jehová es grande —gritó jubilosa la mujer con voz que volvía a ser la suya, mientras su compañera y los hombres, entre gritos de alegría se abrazaban ya en el pasillo. —Jehová es grande —repitió más cerca del oído del taxista, a lo que él, dándose la vuelta respondió con una sonrisa. —Jehová es grande —volvió a clamar la religiosa y Nando agradeció en silencio a Shangó, que lo dejó hacer el cuento.

Todo sobre la Nena

Recién llegado por aquellos días al pueblo, un amigo le habló de la linda mulata sin novio, y enfundado en su uniforme verde olivo corrió al cine a conocerla.

—Buenas —se presentó cordial—. Yo me llamo Serafín.

—Y a mí que me importa —le respondió Nena.

Doce meses más tarde ella sentiría mis primeras pataditas en su vientre y ese mismo día le anunció al esposo:

—Se llamará Lázaro.

Estupefacto, Serafín intentó de inmediato hacerle ver los riesgos de su elección, pero por nada del mundo faltaría su mujer a la promesa que había hecho. Llevaba la obstinación en la sangre, y no hubo ruego paterno que evitara la reunión en que el joven teniente debió explicar a sus camaradas de armas, las razones por las que un futuro comunista llevaría nombre de santo.

Ya para ese entonces Nena se dedicaba por entero a cuidarme. Atrás quedaron sus noches de batalla contra las hordas que invadían el cine, animadas por los dos segundos en pantalla de un par de tetas rumanas. Quedaron también las astucias de la mujer que en situaciones como aquellas, sigilosa avanzaba entre las lunetas para en el segundo preciso, apuntando con la luz de la linterna a la mano convulsa del depravado, anunciarle: Te agarré. Olvidados quedaron también los años en que miliciana y henchida de fervor revolucionario, sin sacudirse el polvo del uniforme marchaba sobre el asfalto de la plaza gritando: ¡Yanquis cojón!

Le he preguntado si no confundía acaso la frase con otra muy de moda en aquellos tiempos: ¡Yanquis go home!

—Quién sabe —me ha dicho—, yo repetía lo que oía.

El puesto de administradora del cine lo ganó como premio a su trayectoria revolucionaria. Eterna candidata al Movimiento 26 de Julio, entre sus filas se inició marchando por las calles del pueblo. La historia me la acaba de contar ella misma y comienza con Nena a la vanguardia del entierro de cierto mártir local, justo cuando a punto de doblar frente a la iglesia para tomar el camino del cementerio, metralleta en ristre los recibió Gómez Rojas (capitán de la policía por aquellos tiempos):

—Dispérsense, los convidó a gritos desde su jeep y la voz ardorosa de Nena sobresalió por sobre las cientos que respondieron ¡No, no, asesinos!

—¡Dispérsense! volvió a gritar el militar rastrillando la calibre 30, y a la vanguardia otra vez —de la estampida— partió la revolucionaria Nena.

Cuentan —ella asegura que no es cierto— que la revolución pendía de un hilo y a sus encargos como administradora del cine —entre otras patrióticas misiones—, le sumaron la de llevar un minucioso registro de las personas que asistían a misa del otro lado de la calle. Fue así como de su puño y letra nacieron listas de sospechosos como esta:

1. Joaquín Fusiño
2. Clarita la bizca
3. Milagrito con sus hijas
4. La boba de pico.

Apócrifa o no la historia, no niega que el sueño de su vida era ser policía. Nada la deslumbraba más que las armas y los uniformes (el de mi padre más que ninguno). De aquellos años felices no guarda memoria más viva que el porte solemne del joven militar con el grueso pistolón adornando su cintura. Tanto disfrutaba contemplarlo, que el hechizo no se rompió el día en que de paso por la acera del hospital psiquiátrico, los sorprendieron unos gritos que llegaban de adentro. Uno de los internos se acercó a la carrera y no pudieron entender lo que decía hasta que lo detuvo la reja: Oye gordito, el de la gorra, pero qué culo más rico tú tienes, compadre.

Si el matrimonio la alejó de su pasado, la llegada de mi hermana, un año después de mí, la aisló por completo del mundo. Fueron años de atenciones y mimos que contrastan con las frases que los desvaríos juveniles de Daya —mi hermana— pondrían en su boca años más tarde: —Si yo llego a imaginarme que tú me ibas a dar estos dolores de cabeza, le hubiese dicho a la enfermera: ¡pégale la inyección!

Hija legítima de Oggún, de mi infancia temprana guardo vívido el recuerdo que abrió mis ojos a su belicosa naturaleza: Tengo cinco años y estoy frente a la tienda donde esperan por mí los juguetes que me tocan este verano. Hay mucha gente, calor, empujones, mi madre me agarra del brazo. La escucho decir algo y de repente ya no siento su mano, estoy solo, no entiendo que pasa, lloro. Hay gritos por todas partes. Una mano desconocida me sostiene y miro entonces al piso, mi madre está encima, la otra mujer da gritos debajo.

Crecí acostumbrado a escucharla discutir, con razón o sin ella. Sus repetidos encontronazos —lo mismo contra la policía que contra el carnicero— hicieron que a menudo prefiriera quedarme en casa. Actitud a la que ella respondía confundiendo mis razones: No sales conmigo a la calle porque soy negra ¿verdad?, pues te guste o no yo soy tu madre… Eres tan sinvergüenza como tu desgracia'o padre.

La segunda parte de la frase la añadió cuando a mis nueve años Serafín voló de casa: —De ese degenerao, nos advirtió, no quiero ni una sed de agua.

Un desplante similar usó la tarde en que la invité a compartir los mangos que mi padre nos había mandado: —Primero muerta —me respondió— que embarrarme la boca con esa mierda.

Inquebrantable la creí hasta que un extraño ruido me despertó aquella noche y camino a averiguar que sucedía, la encontré en la cocina deleitándose con los mangos. Nada me dijo y dejó que su mueca hablara por ella: ¡Qué mal sabe esta mierda!

Dos veces se divorció en el 80, de mi padre y de la Revolución. El primero dolió demasiado y no vale la pena recordarlo. Del segundo fui testigo una tarde de mucho sol cuando a la salida de la barbería tropezamos con el pánico de un hombre que en vano trataba de romper el cerco de otros hombres. Acto seguido dos policías lo agarraron por el cuello para facilitar la misión de otro que llegó con las tijeras. Lista la cabeza, comenzaron sus verdugos a romper huevo tras huevo sobre el cráneo ya sin pelos del infeliz, en tanto el niño que yo era observaba la escena de muy cerca sin que mis ojos pudieran entender lo que veían ni mis oídos lo que gritaban: «Escoria, gusano»…Mi desconcierto inicial pronto dio paso a un miedo terrible. Miedo a que las protestas de mi madre en contra de aquel abuso la obligaran a correr la misma suerte del violentado. De aquel incidente resultó ilesa y ya no me volvió a preocupar su suerte hasta que muchos años después comenzaron a aparecer en el pueblo carteles de sospechosa caligrafía.

En el 85 fue oyente fundadora de Radio Martí y al camino de Dios regresó en los 90. Envuelta en un halo de bondad, empezó a asistir a misa en las noches y en las tardes a la cervecería del pueblo. Han quitado a una para poner a otra —decían quienes no la conocían de cerca—. Yo en cambio confirmé que la Nena radical se escondía en sus entrañas, la tarde en que cuchillo en mano se presentó en casa de Dafni la estafa. Abre, desgraciao —gritó—. O me devuelves mi dinero, o te rajo como a un puerco —no dijo más y resuelta a hacer realidad su amenaza, afincó la pata de cabra que traía contra el llavín de la puerta.

Que Dios condujera sus pasos no la libraba en ocasiones de tomar el camino equivocado. Casi siempre por culpa de Carmen, mi novia de entonces. Con un beso cordial la recibía en la puerta y susurrando la despedía más tarde: Menos mal que ya se fue la piraña.

Si de algo estoy seguro es que su inesperado regreso a la fe, tuvo mucho que ver con su deseo de traer al buen camino a mí descarriada hermana. Tú por lo menos no me das dolores de cabeza —me decía, olvidando la pregunta que yo le hacía a cada rato: —Por favor, mami, yo te voy a querer igual, pero dime quién es mi verdadera madre.

Diestra en el contragolpe, llevo conmigo el recuerdo de la tarde en que al descubrirme leyendo *El Idiota*, de Dostoievsky, me preguntó: — ¿Estás leyendo tu biografía, hijo mío? Yo sonreí sin responder y afilando mis dardos aguardé hasta que la ocasión se hizo propicia. Tiempo después mi tía de New Jersey nos regaló un televisor y revisando el manual descubrí que el aparato tenía la capacidad de encenderse a una hora prefijada.

Despierto esperé aquella misma noche hasta que Nena se fue a la cama.

—Levántate, levántate —llegó un rato después a decirme— que el televisor se encendió solo.

Yo le rogué que me dejara dormir y lo mismo hice las noches siguientes cuando desde mi cama la escuché enfrentar a los espíritus: —No les tengo miedo, sinvergüenzas, fuera, fuera de esta casa —gritaba. Pero ellos se empeñaban en volver cada madrugada forzándola a ensayar otro remedio: diluirlos. De qué ardides se valía para meterlos en el cubo con agua nunca lo supe, pero de que enseguida empapaba con ellos la calle puedo dar fe.

Una y otra vez cambió de estrategia sin que de nada sirvieran sus oraciones, ni el agua bendita del cura, ni el exorcismo de Mercedes, la monja española asentada en el pueblo. Agotados sus católicos recursos, cierta mañana desperté al escucharla llegar acompañada de la calle. Ella relataba en alta voz sus infortunios cuando en plena exposición la interrumpió su acompañante. —Nena —dijo y de inmediato reconocí la voz de Raulito el Marqués, ilustre palero y padrino de mi primo Emilito— a mí me parece que el único espíritu maligno que hay en esta casa es ese hijo 'e puta hijo tuyo...

En mayo de 2002 salió mi hermana de Cuba y seis meses después nos encontramos en Texas. Mami quedó detrás, llorando a cada rato y exigiendo llamadas continuas so pena de vengarse como sólo ella sabe hacerlo. Prueba de lo que digo son estos fragmentos de una carta que atesoro:

Ranchuelo 25 de abril de 2004

"Querido hijo de puta:

Ni me llamas ni me escribes. Yo creí que habías cambiado, pero sigues siendo el mismo degenerao de siempre. [...] Desgraciado. Eres más malo que tu padre [...] Siempre me tuviste a menos porque era negra, pero te guste o no, esta negra que dejaste aquí botada es tu madre, y esa negra mona que tienes contigo ahí en Texas es tu hermana..."

En el año 2009 la trajimos de visita y no hubo súplica que alcanzara para enviarla de vuelta. Desde entonces sus hijos pagamos la casa que comparte con un gringo bonachón a quien rentamos uno de los cuartos para aliviar el ahogo de la hipoteca. Tan cerca de mí pasa sus días que hace un momento mi hermana se enteró por casualidad de lo que escribo y corriendo se ha ido a decirle. Medio espantado me apuro a terminar antes de que otra cosa suceda. Porque, cualquier cosa es posible tratándose de Nena.

Llevaba varios días mirándome con ojos muy extraños y no fue hasta ayer que me reveló sus sospechas. Esto es lo último que me faltaba —dijo en el más exasperante de sus tonos—. Y no me digas que es mentira, porque anoche te oí cuando te metiste en el cuarto del americano ese. ¿Pensaste que estaba dormida, verdad? ¡Pues, no! Y para que los sepas, la próxima vez que lo hagas voy a coger el teléfono y voy a llamar a tu mujer para decirle: Ven para que cojas al mariconazo de tu marido metido en el cuarto con ese americano.

Yo no hago caso a sus intrigas y si alguna vez echo de menos sus bríos vuelvo a preguntarle el nombre de mi verdadera madre.

De sus muchas reacciones ninguna recibo con más agrado que la ya casi extinta interjección: ¡Alabao! Cada tarde paso a verla y frente al televisor me la encuentro atenta a los últimos sucesos de Bagdad, La Habana y Afganistán. Lejos estaba de imaginar aquella mañana que en Cuba me despedí sin decirle, que una década después la volvería a llevar a sus consultas con el doctor, o que en las noches le entregaría las pastillas que ella recuenta por miedo a que en mi infinita maldad se me ocurra duplicarle la dosis.

Son las tres de la tarde, estoy solo en mi cuarto y escucho que abajo tiran la puerta. Sigue un tropel de pasos, voces de guerra llegan de la escalera… Sin refugio adonde correr, a San Lázaro me encomiendo.

El ninja en América

Traté de explicarle que se equivocaba, que no todos los negros se pasan el día fumando marihuana o asaltando inocentes en la calles de los Estados Unidos, pero no quiso hacerme caso. Conmigo trabajan varios —le dejé saber— y jamás me han invitado a un pitillo ni me han puesto una navaja en el cuello. Uno tras otro le expuse mis argumentos sin que uno solo borrara su mueca de disgusto.

—Hasta el presidente es negro —le recordé.

—Eso precisamente es lo que más preocupa —me respondió a secas.

Él acababa de llegar de Cuba y pensé que su aprensión por la raza de Luther King tenía más que ver con sus tropelías por tierras africanas que con su experiencia real como emigrante. Un momento después la conversación cambió de rumbo... Por fin he cumplido uno de mis sueños —me dijo y su mueca se hizo sonrisa—. Acabo de comprarme un sable de samurái, original, hecho en China, desde chiquito siempre quise tener uno. Alegría —me confesó—, solo comparable al hecho de que pronto tendría consigo sus linchacos. Los había mandado a buscar a Cuba con un amigo y ya venían por correo desde Miami.

No me interesé en sus otros sueños, pero de todas formas me dijo: —En cuanto consiga un buen trabajo me compro una ametralladora, una grande así como la de Rambo. ¿Tú sabes dónde las venden?

Era la primera vez que hablábamos después de no haberlo hecho nunca durante los años que vivimos en el mismo pueblo, ocurrencia muy común entre exiliados que Martí recoge en un verso: *Cuba nos une en extranjero suelo...*

Lo conocí la noche que Odette, una vecina del barrio, pasó a presentar su nuevo novio a mi madre. Yo tenía unos diez años y de la brevísima conversación recuerdo que al día siguiente el joven partiría a incorporarse a las tropas especiales.

No volví a tener noticias suyas hasta que muchos años después, lo vi salir de bajo la tierra en un documental de la televisión cubana. Cubierto de hojas avanzó entre la maleza con el ojo clavado en la mirilla del fusil y una expresión de fiera en el rostro que no tardé en reconocer bajo la máscara. De la leyenda del avispa negra que cortando pescuezos hizo época en las selvas de Cabinda me enteré mucho más tarde; sólo que para entonces ya el Ninja había cambiado el AKM por las llaves del almacén donde trabajaba.

Años después el azar nos condujo a la casa de un amigo común en las afueras de Houston: Ya sé que aquí las escuelas son un poco peligrosas —me dijo— pero eso no me preocupa, porque yo a mi hijo lo tengo entrenado para combatir cuerpo a cuerpo contra cinco negros al mismo tiempo, y vencer. Fijación tan manifiesta hizo que varios meses más tarde no me sorprendiera al enterarme de lo que sucedió la semana siguiente a nuestro encuentro.

Cuentan que el timbre lo sorprendió atareado en la cocina del apartamento que compartía con su familia y nada pudo hacer cuando su hijo corrió a abrir la puerta. Desconcertado ante la rapidez de los acontecimientos, le bastó un segundo para divisar la silueta del hombre y partir a la carrera a su encuentro. Tan sospechoso como el color del individuo se le antojó el paquete que traía en las manos.

A mitad de camino dio un salto y como el gato de otros tiempos arrancó de la pared el sable de samurái con que abanicando el aire confrontó al desconocido. Si no tuvo tiempo de alcanzarlo fue porque el hombre, apremiado ante la inminencia del sablazo, en el último segundo se metió a la camioneta en que venía y partió tan de prisa que el ninja sólo tuvo tiempo de leer la inscripción grabada sobre el costado: Postal Service.[2]

—Mira papá, el negro dejó este paquete —le advirtió su hijo hirviendo de emoción—. Y adivina lo que tiene dentro —agregó levantando en alto, cual estandarte arrancado al enemigo: ¡Los linchacos!

[2] Servicio postal.

El grito

Mi tío abuelo José Luis era barbero y el hombre más pacífico del mundo. Temeroso de todo y de todos, un buen día no volvió a salir de casa y en su cuarto barbería se quedó a esperar la muerte. Lo conocí una década después de que un mal fulminante lo obligara a salir de la única manera posible: con los pies por delante. Tenía cinco años entonces y si guardo un claro recuerdo de lo sucedido fue por los gritos que empezó a dar mi abuela Otilia —su hermana—, cuando a su pregunta: Muchacho, ¿pero y tú qué haces ahí hablando solo?, le respondí: Yo no hablo solo abuela. Estoy hablando con ese flaco joraba'o que está parado al lado tuyo.

A partir de aquel día regresó varias veces. La primera, una tarde en la terminal de autobuses de Santa Clara. El nuestro demoraba demasiado y mi madre me avisó que nos íbamos a la estación de trenes. No lo vi llegar pero supe que era él en cuanto me habló al oído. Hice lo que me decía y rompí a llorar pidiendo a gritos a mi madre que no fuéramos a la terminal de trenes. Ella no pudo hacerme entrar en razones e intentó moverme a la fuerza. Pero yo respondí con gritos todavía más fuertes.

A la mañana siguiente desperté con la voz de mi madre comentándoles a los vecinos mi extraña insistencia en no subirnos al tren. Los muertos habían sido muchísimos, incluyendo algunos del pueblo. Varios vagones se vinieron abajo mientras transitaban sobre el puente a la salida de La Esperanza. Esa misma noche mami vino hasta a mi cama: ¿Quién te dijo? ¿Viste algo? —me preguntó con insistencia, pero no le dije, el flaco ya me había advertido.

La próxima vez que apareció era mediodía y enfermo pasaba mis días en un campamento de verano, cuando un grito me sacó del sueño. De inmediato sentí un empujón y para cuando abrí los ojos ya estaba sentado en la litera. Medio segundo después la cama de arriba cedió al peso del profesor que descansaba en ella y uno de los bordes vino a caer justo donde un momento antes estaba mi cuello. Aturdido miré a mi izquierda y encontré, más nítido que nunca, el rostro sonriente de mí tío abuelo.

Tiempo después, hurgando en el escaparate de su hermana, hallé por casualidad una cartera atestada de viejas fotografías. La de José Luis la reconocí enseguida. Más tarde supe que era la única que le habían tomado en toda su vida, una de aquellas pequeñas que en otros tiempos exigía la ley electoral, fechada con trazo vacilante en el reverso: 1950. Un momento después lo vi sonreír desde una esquina del cuarto y corrí a avisarle a mi abuela. Mi madre que andaba cerca llegó tan pronto escuchó los gritos de Otilia, quien muerta de espanto, le advertía: Este hijo tuyo, cualquier día me va a matar de un infarto. No dijo más y comenzó a rociar con perfume los rincones de la casa. Luego echó mano al crucifijo que guardaba entre sus pechos flácidos e intercalando a su modo avemarías con padrenuestros espantó al fantasma del hermano, asegurándole que no lo había mandado a buscar porque ya le había encomendado a Dios su alma y que si oraba era por su salvación, no por su regreso.

José Luis nunca se casó y parece ser que su único romance terminó en un poema que jamás se atrevió a enviar a su destinataria. Detestaba la grosería y jamás se le escuchó ninguna, salvo el suavísimo ¡coño! que solía masticar entre dientes. El asma fue su tortura y los libros su salvación. No le gustaba el café, odiaba el humo del tabaco y si comía era por respeto a sus entrañas. El arte de las tijeras lo aprendió de su padre y sus miedos, según mi abuela, los había heredado de su madre.

Entre las muchas anécdotas que atesora la tradición oral de mi familia sobresale la del día en que llegó a cortarse el pelo un señor muy temido en el pueblo por su inestable comportamiento (avalado por varias estancias en el Hospital Psiquiátrico de Mazorra). Sin tiempo para esconderse no le quedó a José Luis más remedio que invitar a pasar al cliente, en tanto mi abuela anduvo a posicionarse tras una hendija. El corte marchó bien, y tan pronto cayó al piso el último mechón de pelo, el barbero, echando mano al cepillo que usaba para el cuello, le anunció al cliente que no le debía un centavo. El hombre se puso de pie y abriendo su cartera insistió en pagarle pero mi tío le respondió que de ninguna manera. Medio confundido el cliente se despidió al fin y a punto ya de marcharse regresó desde la puerta para mirarse otra vez en el espejo. Fue entonces cuando mi abuela, parapetada detrás de la hendija, lo vio patear varias veces contra el piso y con ojos tintos de rabia encarar al barbero. ¡Qué va! —le dijo—. Esto no me gustó. Así que ahora mismo me tienes que volver a poner el pelo.

De cómo sobrevivió a la amenaza nunca me enteré. Si pudo o no cumplir con la extraña petición no me interesó saberlo. La historia para mí termina con el rostro del hombre a quien conocí de niño y una voz que hace cincuenta años me grita: ¡Ayúdame! ¡Coño!

La oreja de Van Gogh

A Mary

No hay entre los asiduos al bar El Lore personaje más ilustre que Jesús la BTR. Poseedor de un talento artístico indiscutible y una devoción a toda prueba por el aguardiente, Jesús debe su nombrete —inspirado en el vehículo de asalto ruso—, más que a su monumental apariencia —manos enormes, hombros como montañas y rostro de guerrero tracio— a su inveterada costumbre de arrasar por donde pasa.

Graduado con honores de la Escuela de diseño allá por los ochenta, de sus manos estupendas nació Tocopán, la mascota de los Juegos Panamericanos de La Habana, 1991. Sin embargo, no le debe a sus éxitos en las artes gráficas, el puesto de honor que se ha ganado en la historia de su Cruces natal, sino que fueron hazañas posteriores —mucho después que el alcohol le quemara los sesos— las que lo han catapultado a la categoría de leyenda viviente.

Más que el mero placer de destruir, Jesús padece una obsesión incontrolable por arrancar, desprender al conjunto de sus partes. Memorable es el día que embriagado separó de sus raíces al árbol que osó meterse en su camino, o la tarde en que fastidiado por las quejas de quienes lo apuraban, arrancó de la pared el teléfono público del pueblo y sobre sus hombros se lo llevó a casa.

Esta manía separadora alcanzó su momento más crítico durante los eventos que la tradición recoge como: La Noche del Bar del Lore.

Una reconstrucción precisa de los hechos obliga a comenzar por la atmósfera nocturna del lugar. El aire impregnado por los efluvios del ron y el humo de cigarrillos, las notas de bolerones espléndidos que renuentes a pasar de moda, encontraron aquí su refugio contra el olvido. Iban por la tercera botella Jesús y sus compinches cuando embutido en su guayabera de algodón, apareció Noelito, funcionario del Ministerio de vivienda, los botones resistiendo el empuje formidable de la barriga, las gafas en uno de los bolsillos y un mazo de plumas en el otro, según corresponde a su condición de dirigente. Queda por precisar en esta historia el momento exacto en que un chispazo de sus instintos hizo saltar a Jesús de su butaca. Nadie le prestó atención cuando avanzó sigiloso entre el gentío ni cuando se detuvo a esperar por el instante propicio.

Con el tiempo ha trascendido que al artista le habían llamado siempre la atención los ojos porcinos del político, su piel salpicada de manchas, las masas oscilantes bajo la barbilla y el detalle inusual de la nariz doblada en la punta. Seducido por las posibilidades infinitas de aquel rostro, el pintor ni siquiera fue consciente de sus propios pasos mientras avanzando en círculos concéntricos exploraba detalladamente al individuo que en la barra conversaba con sus camaradas funcionarios.

Una vez que tuvo el esbozo en su mente, echó mano a un papel que revoloteaba entre las mesas y sin lápiz ni pluma disponibles se lanzó a por las del bolsillo de Noel, quien sorprendido esquivó el zarpazo.

Deja la bobería, compadre, que lo único que quiero es dibujarte —quiso tranquilizarlo Jesús—. Anda, préstame una pluma... ¡Total —añadió en tono de chanza—, si ustedes ni las usan!

A lo que el aludido, rojo de rabia, respondió: —Qué dibujarme ni dibujarme. No le hagan caso —dijo entre risas irónicas a sus camaradas— que este se cree que es Picasso.

El eco del Picasso, pronunciado a viva voz con perfidia, se elevó sobre las voces del salón, silenciándolas. La escena quedó lista para la acción. De un lado los protagonistas, del otro los espectadores, de fondo el añejo bolerón de Piloto y Vera, anunciando lo que estaba por suceder, «♪ ♫... duele... mucho ♫, duele ♪ »

Sin tiempo para reaccionar Noelito nada pudo hacer cuando la BTR se le vino encima: —¡Pues si yo soy Picasso - —se le escuchó decir—, tú vas a ser Van Gogh!

Juntos cayeron al piso propulsados por la fuerza brutal del impacto. La BTR encima, el funcionario pataleteando debajo. El uno poseído por su pasión demoledora, el otro abandonado a su suerte tan pronto sus camaradas salieron corriendo por la puerta rumbo a la estación de policía.

Los segundos se hicieron minutos y nadie se atrevió a intervenir mientras cabalgando encima del otro, Jesús sacudía su cabeza como pitbull que no suelta a su presa.

Gritos y un tropel de pasos anunciaron la llegada de los guardias. Jesús sacudió más fuerte y poniéndose de pie los esperó con la oreja de Noel entre sus dientes. Aturdido por el esfuerzo esperó hasta el último segundo para intentar desaparecer la evidencia escupiéndola en el vaso de uno de sus compinches, quien, no contento con el milagro que acababa de convertir su ron en sangría, soltando maldiciones rompió el vaso contra el piso.

—Allí está —gritó el desmembrado a un policía, apuntando con una mano al pedazo de cartílago que antes había sido suyo, mientras con la otra intentaba contener la hemorragia—, recógela para que me la peguen.

Mientras tanto la noticia alcanzó las calles y saltando de boca en boca, llegó hasta oídos de Mariela, la esposa del agredido, quien tuvo tiempo de interceptar el carro patrullero, cuando a sirena tendida se abría paso rumbo al policlínico.

En emergencias los recibió la enfermera. El médico está comiendo — informó secamente a esposos y policías —, así que por favor esperen aquí sentados.

Mariela prefirió no responder al insensible recibimiento y girando sobre sus pasos enfiló con su cortejo rumbo al comedor.

Sentado frente a la única mesa servida encontraron al médico, un jovencito recién graduado quien entre sorprendido y hambriento, levantó sus ojos marchitos del plato y en tono casi suplicante les dijo: —Por favor, espérenme en el cuerpo de guardia, que en cuanto termine los atiendo.

—Pero usted no sabe lo que pasa, doctor —le respondió la esposa—. ¡A mi marido le han arrancado la oreja!

Paró de hablar y desdobló el papel que traía en la mano. Si ustedes no lo pueden hacer aquí, tiene que mandarnos para el hospital de Cienfuegos, para que se la peguen allá.

El médico, sereno, como si la visión de una oreja sobre un trozo de papel mugriento fuera su pan de cada cena, echó mano al trozo de cartílago y lo examinó con ojos que no decían nada. Un momento después se puso de pie y en compañía del cortejo, desanduvo el pasillo hasta el cuerpo de guardia.

—Prepara sutura —ordenó a la enfermera y dándose la vuelta se dirigió a la comitiva— Siento decirles que esto ya no sirve —esbozó una mueca con los labios y como para no dejar lugar a dudas sobre la irreversibilidad de su diagnóstico, mandó a reposar la oreja junto a las jeringas y algodones en el cesto de basura.

Escandalizados marido y mujer se lanzaron a rescatar la pieza, al tiempo que los gendarmes desenvainaron sus palos.

Una hora más tarde, ya en el hospital de Cienfuegos, los médicos confirmaron el diagnóstico: Lesión permanente de lóbulo auricular izquierdo.

Dos años después de los sucesos, Jesús salió de prisión y el médico purgaba aún sus culpas en el remoto rincón del Escambray adonde lo desterró su osadía de gritar en medio de la trifulca: Total, para qué quiere la oreja si aquí los que gobiernan no escuchan.

Noel no lograría jamás superar la pérdida y entre otras artimañas se dejó crecer el pelo para espantar las malas vistas y ahuyentar de los espejos el recuerdo. Se ha sabido también que por estos días usa todo el poder de su cargo, para evitar que al cumplirse otro aniversario del suceso, la borrosa inscripción Bar del Lore, grabada a la entrada del local, ceda su lugar a otra más grande y vistosa con que la gerencia pretende anunciar el nuevo nombre: La oreja de Van Gogh.

La quema del rubio Hatuey

¡Nadie ocupará mi lugar! Con esta frase inspirada en el repertorio clásico de Los Bukis, se dio inicio a esta tragedia antillana de los tiempos modernos. Su autor, Orel Fleites, la soltó borracho una tarde de nubes negras frente a la casa que compartía con Evelyn la flaca. Ciego de rabia rompió la botella de ron contra la acera y cuentan que soltó una carcajada cuando de un tajo se cortó las venas.

Quienes lo quieren bien, aseguran que los dioses comenzaron a tejer su desdicha la noche de la gran revelación. Tres veces tiró su padrino los caracoles y tres veces le respondió el orisha: Tienes que meterte a jinetero.

Durante su primera incursión por las playas del norte logró ligar a Anne, espécimen alemán de dos metros de altura y axilas imperdonables con quien a ratos se comunicaba en inglés y casi siempre por señas. Al pueblo se la trajo sin hacer caso a los reparos de su familia ni al escarnio de las malas lenguas.

Una semana después Anne regresó a Stuttgart y Orel a su segunda aventura. La suerte no le sonreiría esta vez y desconsolado probó a hacerse gigoló en cuanto conoció a Evelyn.

La chica era exitosa y con el fruto de sus andanzas se acababa de comprar la casita donde trajo a vivir a Orel. Llegó la baja turística y el chulo recién inaugurado encontró en la profesión de zapatero remendón refugio contra el mal tiempo. Así mantuvo a la muchacha, los dos hijos de ella y los zapatos de todos hasta el inicio de temporada.

Para fines de diciembre Evelyn, regresó a la acción y con un francés se presentó a los pocos días en el pueblo. En un flamante Volkswagen recorrieron las calles, con el galo al timón, ella en el asiento de al lado y el rubio proxeneta detrás convertido en hermano, cocinero, lavandero, tío cariñoso y encargado de los niños.

No demoró el forastero en descubrir la patraña y tras soberana discusión implantó las condiciones que llevaron a Orel a cortarse las venas. Llovía a cántaros cuando lo trajeron al policlínico. En la puerta lo recibió Ramón, gurú esotérico y enfermero de urgencias, quien mientras unía los bordes de la herida escuchó en boca del rubio el relato triste de su pena. Si llegó a despreciar la vida —le dijo—, no fue por haber cedido a los caprichos del francés, cuando, contra su voluntad, lo obligó a ponerse los pantis rosados de Evelyn antes de meterse los tres a la cama. Lo que más le dolía era la ingratitud de ella. Ya no le importo —acotó entre suspiros—. Y pensar que se lo di todo, que me reventé los dedos remendando zapatos para que ahora me quiera botar de su casa como un perro.

Pero Evelyn se mantuvo firme y no fue hasta la próxima baja turística que se dignó a enviarle una nota de amor al rubio: Te estraño mi corason.

Orel no perdió tiempo en regresar y su alegría le duró hasta que la Evely volvió a sus andanzas. Esta vez sin embargo no la iba a perdonar y así le dijo: Te lo aguanté todo. Te cuidé los niños mientras tú te divertías con esos rusos en Cayo Coco, pero lo que nunca te voy a perdonar es que me hayas traicionado con ese jinetero de Camagüey.

Media hora después del exabrupto, nuestro héroe ligaría para siempre su destino al del cacique Hatuey, el taíno legendario que desafiando la crueldad del español afrontó sin aspavientos las llamas. Del indio heredaría su nombre cuando sin frases de despedidas se metió al baño de su casa, vertió un litro de alcohol sobre su cuerpo y de un chispazo fatal se prendió candela. Extraño proceder en un país donde los hombres suelen colgarse, pero que tiene su clara explicación en el tanque de agua donde un segundo después se metió a sofocar las llamas. Sus acciones propagaron la creencia de que la quema fue mera pantomima para conmover el corazón de su amada. No sabía, sin embargo, que a Evelyn jamás la tendría de vuelta, ni que el nombre del cacique legendario lo acompañaría para siempre.

De cómo pasé la noche con Mireya la rusa

Nada tenía que ver con la tierra de los soviets salvo su fisionomía de Matriushka y aquel rostro redondo salpicado de pecas que habría sido hermoso sin el trozo de barro que tenía por nariz. La conocí en una fiesta allá por los noventa, cuando todavía era novia de mi amigo Mohamed, joven saharaui radicado en Cuba y a la sazón mi compañero de estudios.

Dos años después nos volvimos a encontrar en circunstancias distintas: ella dando gritos desnuda y yo sudando a borbotones entre sus piernas abiertas. Para entonces ya no era la novia de Mohamed, sino la esposa de cierto personaje cuyo nombre sobra en esta historia donde la rusa es la embarazada a punto de dar a luz y yo el aterrado estudiante de medicina a punto de practicar su primer parto. Como es natural, tratándose de un principiante, no me habían dejado solo, sino que contaba con el auxilio y consejo de un experimentadísimo obstetra. Se acercaba el alumbramiento y mi maestro se empeñaba en cubrir los pechos de la mujer, siempre que ella se arrancaba las sábanas, por razones sólo comprensibles para quienes han sido madres sin las bondades de la anestesia. —Tranquilízate —le decía el médico en tono mimoso, casi paternal—, estás en un hospital y no está bien que una mamá esté así desnuda y mucho menos diciendo esas cosas feas que tú dices…

—¡Que me duele, pingaaaaa… qué dolor…! —respondió a gritos la rusa y su voz llenó de temblores al estudiante.

—Pero muchacha —volvió el profe a la carga en tono sacerdotal—, despójate de esa rabieta que a los hospitales no se viene a estar diciendo esas groserías —hizo un alto y comenzó a acariciarle la frente con la mano como si quisiera suavizar con la caricia el tono severo de sus palabras—. Estás en un salón de parto y este es un lugar decente.

—Sí desgraciao, porque no eres tú —le respondió la mujer con vozarrón de endemoniada.

Convencido al fin de que ni su labia dulzona, ni su noble deseo de calmarla podrían contener el ímpetu de aquella lengua, el maestro, sin dejar de acariciar la frente de la mujer, dedicó los minutos que siguieron a instruirme por última vez en el procedimiento que se avecinaba.

Ya es tiempo —me alertó alcanzándome las tijeras— aquí viene, corta en cuanto la cabeza se proyecte.

Se refería a una práctica común en los salones de parto conocida como episiotomía, y que consiste en una incisión quirúrgica en la vulva para facilitar la salida del feto y evitar de paso un desgarro del periné. Lo que no me recordó —o tal vez me lo hizo olvidar el nerviosismo—, es que el corte debe ser preciso, sin retraso, justo en el momento en que la cabeza se proyecta, cuando es tal la presión y el dolor que esta genera, que la parturienta no siente el filo de las tijeras.

Contarla es como volver a vivir segundo a segundo la escena. Llega una contracción, otra, arrimo las tijeras a la vulva, ella puja otra vez y suelta otra vez sus palabrotas. Veo por fin la cabecita minúscula, quiero cortar pero la mano me tiembla, intento otra vez y no puedo, el temblor se me ha corrido a las rodillas. Ella grita otra vez y harto de escucharla corto al fin el perineo con varios segundos de retraso. Al corte frío del metal, la rusa responde con una violenta sacudida que acerca a su boca la mano que antes le acariciaba la frente. Rabiando de dolor la mordió con tal fuerza, que el aullido me impidió saber si fue el eco de sus gritos la causa de lo que ocurrió a continuación, o si estaba en su saliva el germen transmisor de la palabra, que como disparo de cañón salió de la garganta del médico.

¡Pingaaaaaaaaaaaaaaaaaaaaaa...!

Hasta aquí la historia de cómo pasé la noche con Mireya la rusa.

Un fantasma recorre el pueblo

"Ranchuelo, Villa Clara, Cuba
28 de septiembre de 2012.

Querido Rafe:

Júrame que no es cierto eso que dicen de que andas acabando por España. Dime si fue para eso que te ayudé a salir de aquí, si me pasé todos esos años vendiendo quesos de pueblo en pueblo para que ahora tú me hagas esto. Y mira que me lo advirtieron, no le hagas caso a ese mulato, Evelito, que lo que te quiere es usar. Y yo perdido, engañado, ciego. Falso, un falso desgraciado, eso es lo que eres. Hace seis meses que no me escribes una letrica, borrón y cuenta nueva, ¿verdad? En tu última carta me decías que te habías cambiado el nombre, que ahora te llamabas Ralph y que te ibas con tu rap para jolibu, pero resulta que sigues en Oviedo bailando en calzoncillos en un club para caballeros. Te lo perdoné todo, Rafael, tus celos, el dinero que me pediste para operarte la nariz que nunca te operaste, los golpes, las humillaciones. Pero no creas que esa y otras cositas me las voy a tragar para siempre, no mulato, que va, mi paciencia se acabó en este momento, este pueblito tuyo y mío se va a enterar de quién tú eres."

Hasta aquí la carta que inconclusa quedó sobre la mesa cuando un abatimiento repentino lo obligó a soltar la pluma. No vale la pena, se dijo a sí mismo, apenas cayó en la cuenta de que no tenía una dirección donde enviarla. Incluso si la tuviera, ¿qué garantías tenía de que la leería, o peor, de que le importara? Ya no le hago falta, concluyó, pero su roto corazón se resistió a aceptarlo. Tenía que hacer algo.

La noche llegó con prisa y sin alumbrado público que le hiciera frente, en cuestión de minutos conquistó las calles. Dos horas después la telenovela brasileña las dejó desiertas y Evelito supo que era tiempo de salir de casa. Solo frente a su destino eligió la acera más oscura y enfundado en sus short pants avanzó con paso lento, la espalda más encorvada que nunca, su enorme camiseta conteniendo el bamboleo de sus pechos blandos.

Dos cuadras después apuró el paso al cruzar frente a la casona que, furtivos, alguna vez compartieron. Negro desgraciado —se dijo a sí mismo en voz alta y el fuego de sus ojos amenazó con incendiar la fachada—. Te lo aguanté todo, tus burlas, tus traiciones con el poto y con Jorgito rosasayas. Bobo que fui —hizo una pausa e intentó luego aplacar el tono de su intenso vozarrón— debí haberte traicionado con Tirso napoleón, para que vieras como duele. ¡Total!, ese mulato me quería más que tú…

Te estaba esperando —llegó una voz a interrumpir sus pensamientos y estremecido por la sorpresa advirtió que había llegado a la casita en los linderos del pueblo. Oscar el olímpico le sonreía desde la puerta.

—¿Y cómo es que tú sabías? —le preguntó Evelito.

—Porque Benito me lo dijo —respondió a secas el santero y sin dar más explicaciones añadió— Viniste a velme por Rafe, ¿verdad? Entra, entra pa' aca pa vel lo que hacemo'.

Esperanzado ante el poder anticipatorio del adivino, Evelio franqueó la puerta y vibrando de emoción atravesó la sala dos pasos detrás de su anfitrión. Oscar abrió la puerta del cuarto de consultas y Evelito accedió a pasar con mucho gusto. La puerta volvió a cerrarse y ante sus ojos apareció la habitación alumbrada por cuatro velas moribundas. Oscar ocupó el lugar de honor frente a la estera, al tiempo que su cliente contemplaba el arreglo de fotografías y artefactos colgados de la pared. Le costaba comprender la relación entre San Lázaro, José Martí, un caracol de mar, el papa Benedicto XVI, Nicolás Guillén, dos machetes mohosos, la madre Teresa de Calcuta, y los cinco héroes prisioneros del imperio. No salía Evelito de su asombro cuando el santero agarró el borde sucio de una sábana y de un tirón descubrió el objeto que tenía a su lado. Es Benito siete rayos —anunció acariciando el cráneo con los dedos.

Evelito se desplomó tembloroso en el asiento y Ralph desapareció de su mente junto con el deseo de que los Orishas se lo trajeran de vuelta. Por la misma razón no escuchó el redoble de campana ni el canto a Yemayá con que comenzó la ceremonia. No prestó atención cuando con pases magistrales el Olímpico dejó caer los caracoles ni escuchó su voz revelando el sentido oculto de las posiciones sobre la estera. Su sola preocupación era aquel cráneo vacío que su aterrada imaginación vistió de piel y en cuya boca creyó ver el esbozo de una sonrisa.

Inseguro de cómo responder a aquel, su primer contacto con un ser del otro mundo, Evelito le devolvió la sonrisa sin advertir a tiempo la maniobra en que el santero volvió a echar mano a la sábana y con destreza de gladiador romano envolvió a su cliente de la cabeza a los pies.

Evelito sin embargo no reaccionó de inmediato. Sus sentidos, bloqueados por el trance, no tuvieron noticias de lo que pasaba hasta que recibió el primer planazo en la espalda. Un segundo después sus oídos despertaron con el estruendo de un vozarrón que gritaba: —¡De mi muerto no se ríe nadie, coño!

Al impacto seco del metal siguió otro igual en las piernas, en el pecho, en la espalda, en el pecho otra vez. Y tal fue el efecto enajenante de los golpes que seis meses después de los sucesos, Evelio, no logra recordar a ciencia cierta, si debe a su buena fortuna, o a la mano invisible de Benito, el acto milagroso de haber encontrado la puerta. Su recuerdo más claro es el momento en que de vuelta a la oscuridad profunda de las calles, corriendo a más no poder e incapaz de librarse de la sábana, escuchó, mezclada con el clamor de su garganta, la voz de un niño que decía:

—Mira papá, un fantasma.

Marcelino el cirujano

—Anda dile, hijoeputa, cuéntale al médico lo que me hiciste —vociferó el que sangraba—. Si lo que me dan es deseos de matarte —añadió con el rostro poseído por la rabia. Hizo una pausa y una vez más dijo su nombre al médico—. Me llamo Orestes Conzuegra, con z, doctol —recalcó y con z quedó escrito en la hoja de servicio.

—Es verdad, es mi culpa —intervino su acompañante mientras el médico descabezaba un par de ámpulas de epinefrina y las vertía sobre la herida tratando de contener la hemorragia—. Yo mismito le di el tajazo. Pero que no se queje, porque ya le había advertio que un día le iba a arrancal esa cosa. Que cuando menos se lo esperara lo iba a operal. No por gusto me dicen el cirujano.

—¡¿Cirujano?!—gritó el otro abultando la frente— ¡Tú lo que eres un guajiro mentecato, Marcelino. Un loco e mierda que en Mazorra debía estal ingresao!

—Si yo hubiera nacío en estos tiempos —continuó hablando el cirujano sin prestar atención a las increpaciones del otro—, fuera médico ahora, como usted, doctol. Pero no tuve esa suerte y me he tenio que pasar la via al resistero el sol cortando caña —dijo con resignación. La historia de todos esos años la traía escrita en sus ropas con olor a monte, en el tono parduzco de su piel, cuarteada como tierra seca.

—Porque la veldá veldá —continuó—, es que lo mío es la cirugía, doctol. Empecé como to los niño, cortándole el rabo a las lagartija. Despúes me dio por operar gallinas para sacarle los huevo. Hasta que un día mi madre me cogió dándole un palo a una pa dolmirla. ¡Alabao! No me quiero ni acordal de aquello, la vieja me estuvo dando trancazo un mes —hablaba sin quitar la vista de las manos del médico, quien tras anestesiar la zona de la lesión comenzó a extraer lo poco que quedaba del lipoma (tipo de tumor benigno, que crece bajo la piel y suele alcanzar un tamaño considerable).

—E una cosa que me cae que no me puedo controlar, doctol. No hay grano ni teta e carne que se me resista. Pregúntele, pregúntele usted a Oreste que me conoce bien, llevamos ni se sabe cuantos año metío en los cañaverales. A veces los guajiro vienen a velme pa que les arranque las verruga, otras se las arranco yo, a timbale, como a Oreste mismo. Esa es la bola más grande que he operao en to mi via.

—No le haga caso doctol —habló el otro—. En el campamento lo que le tienen es pánico, nadie se atreve a andal sin camisa delante de él. Ya una vez casi le coltan la cabeza por dárselas de médico, pero el muy verraco no escarmienta. Ni se sabe el tiempo que llevo huyendo de este loco. Hasta había pedío que me cambiaran pa trabajar en las calderas del central, aquí alantico. Imagínese, quién puede vivil así, por el día coltando caña en el surco y por las noches sin pegal un ojo en el albergue.

—Así mismito e'—retomó la palabra el cirujano ahora que un gallo comenzaba a cantar muy cerca—, pero algo me decía que esta madrugá no se me escapaba. Por eso afilé la mocha temprano, la dejé brillante como un bisturí y bañaíta en aguardiente pa evital la infección, usted sabe eso polque es médico, ¿veldad? Esperé y esperé hasta que le fui arriba a este. Me lo topé rendío como un angelito. Ni lo sintió, un solo tajo, docto, es que se me hace la boca agua nama de acoldalme. Lo malo fue la sangre, si no lo traigo pa aca pal puesto médico a la carrera, el hombre se me desangra…—paró de hablar y concentró su atención en la aguja con que el médico empalmaba los bordes de la herida. .

Casi amanecía cuando la lesión quedó al fin cubierta por una capa de gazas, desinfestada y lista para que poco a poco la piel comenzara a burbujear desde la carne. Colocada la última tira de esparadrapo, el médico miró directamente a los ojos de Marcelino y con cara de pocos amigos lo reprendió por poner en peligro la vida de sus compañeros. Le advirtió además que alguien podía morir desangrado, y él se iba a librar del sol para siempre, pero en la cárcel.

—Yo sé —le respondió el campesino aparentando arrepentimiento—. Uste tiene razón, cometí un errol, lo reconozco, —hablaba con ese tono familiar que sólo suele darse entre colegas—. Pero ya yo aprendí mi lesión. Uno no debe andal metiéndose a hacel algo si no sabe hacelo bien…

La sirena del central azucarero interrumpió por un momento su disculpa y tan pronto regresó el silencio hizo su última pregunta:

—Dígame una cosa, Doctol… ¿Usted no me podrá enseñal a dal punto con las agujita esa?

La noche de Pentecostés

Solo frente al vaso de aguardiente Elio huevo frito se pregunta si este último trago le dará el valor que necesita para consumar su venganza. A juzgar por la expresión con que lo mira, pareciera que busca la respuesta entre los átomos de alcohol. Lentamente aparta la mirada del cristal mientras el silencio que lo envuelve se hace cada vez más profundo, misterioso, denso como una emanación que inunda la casa.

Mira a su alrededor y confirma lo que sabe desde hace unos dos meses. Rita Elena no está, se ha ido, o peor, se la han robado. Es entonces cuando un impulso mayor se apodera de su cuerpo y ya no es su voluntad la que lo obliga a agarrar el vaso y zamparse sin respirar el contenido.

Salta del asiento y empujado por una fuerza irresistible sale a la calle sin imaginar que está a punto de hacer historia. No sabe que es noche de Pentecostés y que dos mil años antes el señor resucitado se apareció a sus discípulos.

Necesita un plan y es lo que importa, un plan que va tejiendo en su cabeza ahora que la luna empieza a asomar por el oriente. Dos cuadras más abajo cruza sin detenerse frente a la casita iluminada de ventanales muy amplios. Es el nuevo hogar de la traidora, la guarida donde pasa sus días junto a Emerio el cojo.

No hay nadie en la calle y la noche es copia fiel de otras noches en este pueblito enfermo de tedio. Media cuadra después dobla en la esquina y apurando el paso emprende la recta final. A saltos atraviesa la vía férrea y ya se escucha en la distancia, por sobre el clamor de maracas y panderetas, la prédica de una voz:

—¡Hermanos!, estamos aquí congregados para la dedicación de este, nuestro nuevo templo —habla el pastor pentecostal del pueblo y su voz se hace más clara a medida que el huevo se acerca—. Y no sólo han venido pastores de toda Cuba —continúa el predicador—, sino que nos visitan hermanos de la congregación universal, pastores de México y Estados Unidos a quienes el Señor envía a participar de esta fiesta.

—Aleluya —responde una voz de mujer desde el público a la que acto seguido se le suman otras— ¡Aleluya! ¡Aleluya! ¡Alabado sea! ¡Aleluya!…

No termina aún el contagioso frenesí cuando Elio huevo frito aparece. Trae en sus ropas el olor del peregrino que ha atravesado montañas para participar del gran acontecimiento. No se decide a entrar e inmóvil permanece de pie en el umbral de la puerta, frente al pasillo que conduce al púlpito desde donde el pastor, aferrado al micrófono continúa la prédica:

—¡Qué bendición, hermanos, qué bendición, alabado sea el Señor, Aleluya, aleluya, tenemos casa al fin, templo nuevo, alegraos hermanos, gloria a Dios, gloria…! Truenan

74

otra vez los aleluyas, risas, brincos, carcajadas. Cuatro devotos trepan a sus asientos, se sacuden, saltan, una cae al piso y entre los pies de los otros se retuerce, no de dolor sino de gozo. Maracas y panderetas se sacuden en el aire para deleite del Dios verdadero. El pastor se seca la frente con un paño y levantando los brazos desciende del púlpito, suda a borbotones, canta, abraza a una niña y a un anciano que da saltos. Eleva luego los puños y suelta una carcajada que contagia a las filas del frente, pone a llorar a las del medio y sacude a los del fondo en sus asientos.

Elio entra por fin al recinto y cuatro pasos después lo detiene el vozarrón inconfundible de su ex camarada Tito coronilla. No lo había vuelto a ver desde el día en que el señor lo salvó del fervor por la botella. Tito está de rodillas y sus ojos apuntan al techo pintado de azul, reminiscencia de los cielos. Extrañas palabras saltan de su lengua: —Alobatu majo balapetesol damei pan pan pan— Elio lo mira y no entiende. No sabe que su amigo ha sido bendecido con el don de lenguas.

Avanza otra vez y entre las decenas de miradas que lo siguen percibe una cargada de terror que llega desde la segunda fila. Cambia la vista en esa dirección y es justo ahora que sus ojos se encuentran con los de ella.

Ha recorrido la mitad de la distancia que lo separara del púlpito cuando alguien le pide que se siente, pero Elio se niega con un No rotundo.

—Gloria, gloria, amén, gloria, gloria —grita el pastor visiblemente perturbado. La proximidad del hombre le ha trocado las ideas. La frente le suda más que antes y ya no hay ímpetu en sus palabras cuando retoma la prédica— Sí, Hermanos —intenta subir de tono ahora que la catástrofe es inminente—, la gracia del Señor está con nosotros y ha descendido esta noche a este pueblo de hombres justos y mujeres...

—¡Putas! ¡Eso es lo que son! —es el huevo quien habla. De un zarpazo le ha arrancado al pastor el micrófono y toma la palabra por la fuerza— ¡Y tú! —grita señalando a la infame—, tú eres la más puta de todas, descará, pega tarro, que Dios te perdone ¿no?! ¡¡Puuuutaaaaaaa!! ¡Eso es lo que eres!

Privado del micrófono el pastor apela al poder de su garganta para alertar a sus ovejas sobre lo que a su juicio sucede: —¡Es el diablo. El diablo. Satanás que se le ha metido a este hombre en el cuerpo. Oren hermanos, oren... ¡Fuera, fuera, morador de las tinieblas! —grita y los devotos saltan de sus puestos. Uno clama por una legión de ángeles que libere al poseído del maligno. Otros patalean, se abrazan, caen al suelo, corren con los brazos en alto invocando al señor en lengua comprensible sólo a su gracia suprema; mientras que unos pocos, acaso los de menos fe, salen a la carrera del templo rumbo a la estación de policía.

Quince minutos más tarde entran en tropel los defensores del orden. La escena, es la misma salvo que el infractor se ha quitado las ropas y en calzoncillos continúa su arenga. Vocifera cuando a empujones lo transportan fuera del templo. Ya en la calle lo sorprenden los aplausos de decenas de vecinos que llegaron atraídos por el escándalo.

—Hemos vencido, hermanos —proclama el pastor tan pronto recupera el micrófono—. Gloria a Dios que nos salvó de las patrañas de Lucifer. Aleluya, aleluya —responden los feligreses, mientras afuera la muchedumbre da vivas al hombre que pataleando desaparece en el interior del carro patrullero. Al héroe que en noche de pentecostés los salvó del aburrimiento eterno.

La noche de amor del doctor Palomo

Sentado frente a la oficina del director del Hospital, el doctor Arístides Palomo levanta los ojos del piso y echa un vistazo nervioso a la puerta. Instantes después escucha un murmullo de risas que llega desde uno de los extremos del pasillo. Mira en esa dirección y sus ojos tropiezan con los de dos enfermeras que de inmediato cambian la vista a otra parte. En silencio pasan frente a su asiento y unos pasos después desaparecen en el pasillo de urgencias.

Nada lo complacería más que poder desaparecer ahora mismo sin dejar memoria de sí, que se lo tragara la tierra, o mejor, esfumarse, desintegrarse en el aire. Uno tras otro desfilan por su mente los eventos de la noche pasada y como en una película en blanco y negro, se ve otra vez caminando por entre las camas de sus pacientes, rumbo a su oficina en el fondo de la sala. Trae en las piernas el cansancio de ocho horas remendando cerebros en el salón de operaciones.

Un rato después se desploma en el asiento frente a su buró y con las pocas fuerzas que le quedan estira la mano para activar el intercomunicador.

—Enfermera, por favor, —habla y los altavoces propagan su voz por sobre el sueño de los pacientes—, venga a mi oficina antes de marcharse.

Una carcajada corta la película de cuajo y la memoria de su propia voz desparece entre las brumas del recuerdo. Mira en todas direcciones queriendo adivinar si fue real lo que escuchó o una mala pasada que le acaba de jugar su subconsciente. Busca su reloj y este le anuncia que faltan diez minutos para la cita que decidirá su futuro como médico y neurocirujano jefe.

No quiere recordar y sin embargo su mente lo devuelve al instante en que se abre la puerta de su oficina y por la estrecha abertura se desliza la figura enclenque del estudiante de quinto año, Anastasio Prieto. El joven le sonríe como cada noche de guardia, y como cada noche se quita el estetoscopio que trae colgando del cuello antes de correr a los brazos del maestro.

—Qué te pasa, te ves cansado —le susurra el estudiante.

—Lo estaba hasta que llegaste tú.

—Ay qué pena, papito. Déjame quitarte los zapatos para darte un masajito en esas piernas.

El recuerdo es muy claro y sin embargo no logra ver el instante en que sin darse cuenta activaron el intercomunicador. Una y otra vez repasa la escena sin poder precisar de quien fue la mano responsable ni definir si el accidente ocurrió antes o después de que su alumno le dijera:

—Doctor, por favor, córrase un poquito a la derecha.

—Coño, mi amor, no me digas doctor ahora —se escucha a sí mismo responderle ya sin las ansias de la noche

80

pasada. Sabe que mientras ellos colmaban de gemidos la oficina, la noticia de lo que adentro sucedía, recorría el hospital, atrayendo curiosos de todas partes.

Sordos de placer no podían escuchar los murmullos que crecían del otro lado de la puerta, ni las voces de quienes afuera llamaban a la calma. Cómo imaginar que sus frases ardientes los seguirán a todas partes, cuando lo importante era eternizar el momento, disfrutar cada segundo, despacio, sin precipitaciones, con la misma calma impasible de quienes afuera esperaban para tocar a la puerta.

Son golpes sordos que espantan los recuerdos y devuelven al neurocirujano a la realidad del asiento frente a la puerta del director. Se pone de pie y siente que las piernas le pesan toneladas. Respira profundo y al fin, con paso leve, camina a conocer su suerte.

Monólogo de Tonito Juliet

—Ay sí mi amiga, me voy a tener que operar, porque un día de estos me matan. Ya me apunté en la lista de Marielita la presidenta, dicen que demora muchísimo, pero le estoy pidiendo fuerte a Yemayá para que me apure el turno. Pa' que te voy a mentil, le tengo un miedo a esa operación que me meo, si fuera por mí no me hacía nada. No me hace falta operarme para ser auténtica. Tú sabes que soy más loca que Mesalina y más regia que Carlotica de Mónaco, que cuando me emperifollo no hay quien diga que no soy hembra…El único problema es que a mi Juanqui le gusto más al natural. Dice que voy a perder su amor de mulato si me opero. Pero no me importa, mi amiga, no me pienso quedar con eso para complacer a ese payaso sinvergüenza que se pasa la vida pegándome cosas. Por eso el sábado me le escapé para el cabaret. En mala hora, mijita. Enseguidita me ligué un guajiro de no sé qué campo ahí. Nilo, creo se llamaba. ¡Más bueno que estabaaaa!. Pues nada que me sacó a bailar, nos dimos unos besos, me compró unos tragos… Un caballero, la verdad, ¡Uy! y hasta poeta, se pasó la noche cuchicheándome versitos de Buesa. Lo único que no me gustó fue que le pedí un vaso de agua y cuando me lo trajo me preguntó, ¿satisfacida? Mira, niña, por tu madre que casi me atraganto con el agua aquella… ¡Ay! Pero me gustaba tanto que le perdoné la burrá. Me sentía como en un cuento de hadas, te lo juro, la cenicienta con su guajiro encantado. Pues quién te dice, mi amiga, que todo iba muy bien hasta que el hombre se antojó de ir al baño y ahí mismo parece que alguien se lo soltó. ¡Muchacha! Cuando regresó venía echando fuego por los ojos, no me dio tiempo a nada, me agarró por ahí mismo y me dijo: «¿y esto?». Le solté lo primero que me vino a la mente. Eeeeso, esos son unos linchacos que me prestó mi primo Jorgito rosasaya. En mala hora, muchacha. Me ha dado una galleta que de milagro me quedan dientes. No sé de donde saqué las fuerzas pero con la misma le metí una yo a él. Y ahí mismo sacó el cuchillo. Casi me muero cuando vi aquello, por tu madre. Me mandé a correr y a pedir auxilio, ¡Socorro! ¡Socorro! ¿Tú crees que alguien me hizo caso?... Todo el mundo corrió, sí, pero para ver como destripaban a la diva. Salí desmelená por aquella puerta. Solté todo, peluca, cartera y hasta unos tacones acabaditos de estrenar que me había hecho el rubio Hatuey. Qué horror por tu madre, yo atometel descalza por la calle y aquel hombre detrás con aquel mata vaca gritando, párate, párate. Ya casi me le había escapado cuando en eso resbalo y caigo revolca' por el piso. ¡Qué momento por tu madre!, cuando veo aquel filo brillando parribaemi. Lo único que pensé fue, despídete bala perdida. ¡Pero mi estrella es grande, mi amiga! Quien te dice que en el último momento resbala también el guajiro, y ahí mismo salté como una gata y lo dejé atrás de vedette con los aplausos. Dicen que anda por ahí buscándome. Por eso estoy pasándome estos días aquí en casa de mi tía. De Juanqui tampoco quiero saber hasta que se me quite esta picazón de arriba. Esos bichitos son el diablo, me he echado de todo, por tu madre, pero lo único que me alivia es el petróleo. Te juro que les va a costar trabajo agarrarme. La semana que viene me voy para La Habana. Tengo una amiguita operada que quiere que me vaya con ella a luchar italianos en la calle Monte y estoy embullaísima. También me quiere ayudar con lo de mi operación, dice que si salgo a arrollar con ella en la conga de Mariela la presidenta a lo mejor hasta me apuran el turno. O quién sabe, si me va bien con el turismo hasta yo misma me la pago. Porque hay cirujanos que operan por la izquierda. La cuestión es que no me la puedo seguir jugando. Tengo que operarme antes que ocurra una tragedia.

Esto, mi amiga, es asunto de vida o muerte… o yo o ella.

El crimen de Nestor tibol

La culpa no fue suya sino del coronel que firmó los papeles autorizando su ingreso en las fuerzas armadas.

De haber investigado mejor, se hubiese evitado la tragedia. Ana, su madre, les habría dicho que Nestico llegó al mundo entre malos augurios, que la mañana de su nacimiento la cotorra de su abuela voló de su arito para siempre y el gato de angora, orgullo de la familia, murió con temblores en la cabeza.

El niño creció despacio y nunca se supo a ciencia cierta si fue casualidad o injusta patraña del destino, que al venir al mundo trajera —a decir de su psiquiatra años más tarde—, un trastorno límite de la personalidad, patología que reserva para quien la porta el nada honroso apelativo de: fronterizo.

¿Quién que en su sano juicio leyera su historia clínica habría permitido que le pusieran un fusil en las manos? De haber indagado mejor, el propio Néstor les hubiera dicho que su vida era testimonio irrevocable de que no hay justicia en este mundo, que de niño creció bajo el acoso de otros niños a causa de su cabeza disforme, su cuello invisible y su sonrisa de cuatro dientes. Les habría hablado también del horror de cargar con la herencia maldita de su abuelo: el horrible nombrete cuya sola mención le ponía a hervir la sangre.

Tan pronto lo escucha empina los labios y enrojecido localiza al transgresor, al tiempo que sus ojos se tiñen de rabia. Cierra los puños e inmóvil calcula el trecho que los separa oxigenando sus pulmones con inhalaciones profundas. Un momento después, ataca.

«Pobre Nestico», lloraba a gritos la madre un día después de la tragedia. «No me lo metan en la cárcel por favor, porque se me muere».

Más de uno asegura que la sangre no habría corrido si lo hubieran entrenado mejor para su primera guardia nocturna. Quienes así piensan no están al tanto de su miedo irracional a las tinieblas, ni escucharon jamás la queja de su madre: Es que a Nestico no lo podían dejar solo en lo oscuro.

Era una noche sin luna y a juzgar por la investigación, el recién estrenado soldado hizo bien al dar el primer alto cuando escuchó el ruido entre la maleza. Fiel al reglamento se mantuvo aun cuando los nervios le humedecieron los calzoncillos y aferrado a su Kalashnikov esperó hasta que la súbita aparición de la sombra lo forzó a batirse en retirada con el dedo apretando el gatillo. Sus excompañeros de escuadrón coinciden en que tras semanas de continuo entrenamiento y raciones mínimas, lo peor no fue despertar a media noche bajo el estruendo aterrador de las ráfagas, sino que la vaca no sirviera ni para picadillo.

Oh my God, baby!

Santa Clara, Cuba.

Es el verano de 1995. Alfredo y Eloísa están a punto de conocerse en un albergue de la Escuela de Medicina. Será un encuentro fugaz, inesperado, pero unos pocos segundos alcanzarán para que ella no olvide jamás el rostro chato de él ni él los ojos estupefactos de ella.

Abel es el mejor amigo de Alfredo y tercer protagonista de esta historia. Hace dos meses conoció a Eloísa en una fiesta de la Universidad Central y esta tarde la ha vuelto a invitar a su cama.

Son casi la dos y en el tercer albergue del segundo piso la escena está lista para el suceso que con los años se convertirá en leyenda. Cinco minutos después se abre la puerta y Alfredo, oculto en el ropero, aguanta la respiración al escuchar el taconeo de la mujer. Eloísa se queja del calor insoportable mientras Abel camina a encender la radio. Siguen los compases finales de una canción y un momento después la voz de un locutor exhortando a la población a guardarse del sol que amenaza con derretir la ciudad hasta sus cimientos. Abel apaga de golpe el aparato y el corazón de Alfredo palpita al compás de un ruido de besos. Sabe que no puede precipitarse y por eso evita hacer caso a sus instintos cuando la cama cruje bajo el peso de los cuerpos. Un rato después el ardor de los gemidos le avisa que ya es tiempo, y muy lentamente comienza a elevar la cabeza hasta alinear los ojos con la hendija.

Costaría creer que este estudiante obsesionado con las hendijas, llegara un día a ser un médico de primer nivel, galardonado por sus servicios en tres continentes y autor de importantes estudios científicos.

Eloísa cursa el cuarto año de inglés en la Universidad Central de Las Villas. Ama la lengua de Shakespeare al punto de hacerla el idioma de sus sentimientos, o más exactamente, en el medio para expresar sus emociones más fuertes. Alfredito lo supo desde la vez que escondido en el baño junto a sus compañeros de albergue, la escuchó hacer el amor con su amigo. Embelesado por los anglicismos de placer de la muchacha, pidió a Abel, le concediera el privilegio de ver la *movie* en vivo y en directo. Juntos escogieron el día y la hora, calcularon el ángulo mejor y la altura ideal de la ranura. El plan era poco menos que infalible. No hubo detalle que pasaran por alto, salvo el pronóstico del tiempo.

Eloísa suelta el primer *I love you* y Alfredo reacomoda los ojos tras secarse la frente por quinta vez. *Oh yeah!, oh yeah!*, cabalga despacio la ninfa por las praderas del éxtasis sin que Alfredo logre disfrutar a plenitud del momento. Se lo impide el sudor que le quema los ojos y el calor que lo cocina por dentro. A galope tendido se lanza de pronto la mujer y los últimos vestigios de Eloisa se desvanecen al fin entre los ruegos de la inglesa. *Oh, god, Oh, god, Oh my*

God!... Yes, yes, yes. Oh my God! Yeah baby, Yeah, More, moreeeeee!

La temperatura sube por segundos en el armario y la prueba es el charco de sudor que crece entre la base y el piso. Abandonado a su suerte, Alfredo pierde pronto el interés en lo que pasa afuera. Su único deseo es que terminen cuanto antes. Ni siquiera lo impresionan los vocablos más obscenos. *Fuck me! Fuck me!*, la escucha gritar y las palabras se diluyen en sus ansias de respirar aire fresco. Ya no son sus ojos sino su nariz la que acopla a la ranura mientras el resto de su cuerpo se cocina a fuego lento. De repente no sabe dónde está, siente que se duerme, alguien le grita y el tono le recuerda el de una voz que no ha escuchado en mucho tiempo. Es su abuelo que corre a su encuentro, luce mucho más joven que como lo recuerda. El viejo extiende los brazos y tan pronto siente su abrazo, brota del último rincón despierto de su sub-consciente, un impulso que desciende por su columna vertebral hasta su piernas.

La patada que sigue arranca la puerta de cuajo, y el coito inglés —nombre con que pasará a la historia el suceso— queda mortalmente interrumpido por una inter-jección muy criolla.

—¡Me ahogo, cojone!

De pie frente a la cama, Alfredo hace una profunda inspiración y sonríe con el placer del que ha resucitado. Se encamina luego hacia la puerta y a punto de salir se da la vuelta. Busca los ojos de Eloísa y cortésmente se despide en perfecto inglés a la criolla: *Gud bai*.

De tripas corazón

Verano de 1994

Lo esperó sentada en el sillón para decirle que no iban a pasar aquella noche juntos; que regresaba a la casa de donde la sacó con la promesa de una felicidad que no llegaría nunca. Que estaba cansada de vivir sin atenciones, sin amor, sin esperanzas. Que prefería quedarse callada a tener que hablar de la crisis mundial o de los crímenes del imperialismo. Que no le importaba la revolución, ni Clinton, ni Fidel, ni la guerra del golfo, ni la producción de leche de Camagüey, ni la zafra azucarera, ni la CIA, ni el conflicto árabe-israelí, ni ninguna de esas mil preocupaciones tan cercanas a él y tan ajenas a ella.

Un rumor de automóvil llegó de la calle a interrumpir el curso de sus pensamientos y Ana dejó de balancearse en el sillón para aguzar el oído. Supo que era él en cuanto escuchó la contundencia con que tiró la puerta del carro. Siguió un ruido de pasos y unos segundos después el de la llave entrando en la cerradura: —Pero Anita, qué haces —le dijo el esposo, cerrando la puerta tras de sí—. Te he di-cho mil veces que no me esperes despierta.

Ella demoró un momento en responder empantanada en sus pensamientos, pero nada de cuanto pensó fue lo que dijo: —Qué tal, Calixto —habló al fin simulando una sonrisa— ¿Cómo estás?

—Tremendo mujer, tengo que contarte. No lo vas a creer. Hoy fuimos a …

—La comida está lista —lo interrumpió ella sin demostrar interés.

—Pero si de eso mismo se trata —dijo él inclinándose para besarla en la frente—. Te decía que hoy nos invitaron a los compañeros del gobierno municipal para ver las iniciativas ciudadanas que se están desarrollando en Corralillo. Y la verdad, mujer, es que vengo impresionado con lo que he visto. Los imperialistas nos quieren doblegar y no saben que aquí tenemos un pueblo dispuesto a enfrentarlos y a encontrar soluciones para cada problema que nos crean. De nada les va a servir que nos bloqueen porque aquí la gente se crece…

Paró de hablar sin que fuera su esposa la culpable de que interrumpiera su discurso, sino el apagón que de súbito la perdió de vista. Inmóvil en el sillón Ana volvió a escuchar los pasos de su esposo, sin reprimir la mueca en sus labios hasta que Calixto encendió la vela.

—Te decía que la gente se crece ante las dificultades. Nos invitaron a una comida para presentar las iniciativas culinarias que se están desarrollando en esa zona y he cogido una llenura que para qué te cuento. Ni por la mente me pasó que un bistec de toronja supiera tan bien. Si tú ves qué masa, muchacha, qué sabor, qué maravilla; nada que envidiarle al bistec de verdad, para que lo sepas. Le pregunté a la cocinera cómo se hace para que me lo hagas aquí algún día. Pero eso no fue nada, Anita. Me he comido un plato de fricasé de tallo de plátano que era una delicia. Te lo juro que parecía carne aquello, qué carne ni carne, mejor que la carne. Tú verás que dentro de poco el país entero estará usando estas propuestas por lo nutritivas y saludables que son.

Una hora después Ana se lamentaba por no haberle dicho. Se odiaba a sí misma por cobarde, por no haber tenido el valor de tomar las riendas de su destino. Por permitirse una existencia miserable al lado de aquel cuyos ronquidos estremecían ahora las paredes del cuarto. Temblando de ansiedad se dio la vuelta en la cama y sus lágrimas humedecieron la almohada. Se preguntaba qué estúpido temor la obligaba a persistir en la tristeza. Como si no fuera suficiente con el calor, el sudor, los mosquitos, la electricidad que no regresaba a animar las aspas del ventilador, o peor aún, la certeza de que mañana volverían a repetirse el apagón, el sudor, los mosquitos, sus ronquidos. Cuánto le habría gustado decirle que le importaba un carajo el bistec de toronja y que jamás probaría un bocado del tallo de plátano hecho fricasé; que se los cocinara su madre si es que tanto le gustaban.

Despierta recibió la madrugada espantándose el enjambre de mosquitos de la frente. Prefería sudar bajo las sábanas que soportar la furia de aquellos monstruos minúsculos que a su lado Calixto, desnudo bajo las sábanas, no parecía sentir. Para colmo acababa de sumarse a la tortura el sonido repugnante de sus tripas.

Convencida al fin de que el ventilador no encendería, hizo varios esfuerzos por despejar sus pensamientos y a punto de desistir se quedó dormida.

No superaba aún esa intrincada nebulosa de ideas que antecede al sueño profundo cuando Calixto la despertó con un grito: —¡Ay, Ana, coño, que me muero!

Para cuando abrió los ojos ya su esposo corría doblado hacia adelante y apretándose la barriga con las manos. De lo que acababa de ocurrir su nariz la alertó enseguida. Un instante después se hizo la luz y sentándose en la cama descubrió el rastro de inmundicia vegetal camino a la puerta del baño.

En el hospital, los sueros demoraron lo indecible en devolverle a Calixto el buen funcionamiento de sus tripas. Ana hizo de las suyas corazón y a su lado permaneció cuidándolo hasta que al regresar, casi una semana después, sobreponiéndose al fin a sus miedos, le dijo.

Tina la guarapito

A Erix

Tiene el antiguo municipio de Esperanza, hoy anexado a Ranchuelo para fastidio de sus pobladores, un patriota egregio, Gerardo Arístides Castellanos Lleonard. Nació en 1843 y entre los muchos servicios que prestó a la patria cuenta el de haber colaborado con José Martí durante su estancia en Cayo Hueso. Del Apóstol recibió el encargo de regresar a la isla y coordinar los preparativos para la guerra necesaria. Misión que a juicio de historiadores fue decisiva en el éxito del levantamiento armado del 24 de febrero de 1895. Su legado, sin embargo, no acabó con el último suspiro del héroe, sino que perdura hoy más vivo que nunca en el ejemplo de una mujer, Tina.

Supe de ella a través de un amigo, quien la conoció por casualidad hace algunos años en la terminal de ómnibus de Esperanza. Le llamó la atención el tumulto y al acercarse descubrió a la anciana que vestida del verde uniforme animaba al grupo de jóvenes entusiastas que la rodeaba: —La gente cree que yo soy presa fácil —decía—, pero no saben que a nosotros nos enseñan unas llaves de judo en la policía que al que se las haga lo espesnunco de aviaje.

La pulcritud de su uniforme es para la auxiliar asunto de suma importancia. Su casa, sin embargo, está a punto de venirse abajo. El nuevo delegado del barrio le ha prometido arreglársela y Tina se lo ha creído a pesar de que los anteriores le prometieron lo mismo. Déjate de comer más mierda con la chivatearía —le advierte a cada rato su hijo— y ponte pa' las cosas que un día de estos se cae el techo y amanecemos cadáveres. Mira que si hay algo peor que un viejo guarapito es una vieja guarapito.

Celosa guardiana de la ley y el orden, Tina suele terminar sus recorridos nocturnos en el recinto más animado del pueblo, la terminal de ómnibus. Fue precisamente aquí donde, varios meses más tarde, mi amigo volvería a encontrarla. Iba otra vez en guagua rumbo a Santa Clara, cuando al llegar a Esperanza, escala obligada del trayecto, encontraron las calles a oscuras. La guagua se detuvo en la terminal y a mi amigo no le costó reconocer la voz que gritó desde la carretera: Apaga la luz, comemierda, que estamos en alarma aérea. Al anuncio siguió una andanada de porrazos contra la ventana del chofer, quien perturbado animó a apurarse a los que abordaban, mientras la voz chillona de la auxiliar, enfática, decía: Estás violando las orientaciones de la defensa civil, así que apaga la luz o te meto preso pal carajo.

El último pasajero subió al fin y a toda máquina la guagua continuó rumbo a su destino. Quince minutos después, ya en la terminal de Santa Clara, llegó a oídos de mi amigo la advertencia que le hacía el chofer al compañero que llevaría el autobús de vuelta: Ten cuidado cuando llegues a Esperanza, porque hay una vieja loca en la terminal que le cae a palo a las guaguas.

Ave tonta

Partido en dos por la carretera Central, Jicotea es un pueblito de Las Villas que puede encontrarse en el mapa si se busca con cuidado en la sección que une a Santo Domingo y La Esperanza. Pueblo natal de Juan Marinello, intelectual de primera línea y ubicuo protagonista de nuestros ajetreos políticos durante la primera mitad del siglo XX, en sus predios vio también la luz Manuel ave tonta, figura de primerísima importancia en la historia reciente del pueblo.

Tiene setenta años y en su extensa biografía destacan los treinta y tres que ha pasado como auxiliar de la policía. Ama su profesión y con tal dignidad la práctica que el temor a su uniforme no ha podido corromper su reputación de hombre bueno.

Y es que Manuel no es lo que se dice un chivato auténtico. Quienes lo conocen bien aseguran que jamás abusó de sus poderes, no delató nunca a nadie ni apuntó con el revólver a su gente. Que viva obsesionado con su uniforme da más lástima que miedo y no hay en el pueblo quien tenga algo malo que decir en su contra. Cierto es que habría preferido el traje azul de los policías en lugar del verde que lleva puesto, pero ni aún para meta tan sencilla le alcanzó su pobrísimo intelecto. Suple la diferencia adornando el suyo con el amasijo de medallas que ha ganado en el diario cumplimiento del deber. Su revólver es su otra obsesión y el más grande objeto de sus fantasías. De niño temblaba de emoción al verlo colgando de la cintura de los guardias. De adulto jamás se desprende del suyo y ha llevado a tal punto su fervor que en su casa, durante sus horas de asueto, suele sacarlo de su cartuchera con el solo propósito de acariciarlo. Eso hacía el día en que por accidente apretó el gatillo y el balazo atravesando paredes encontró a su mujer atareada en la cocina. Testimonio perpetuo del encuentro, es el surco que la bala le dejó en el cuello.

Su pericia y determinación han hecho que muchas de sus acciones adornen con letras mayúsculas su hoja de servicio. Ninguna, sin embargo, ha marcado sus días como el incidente recientemente acaecido durante los carnavales del pueblo. Las muchas versiones que circulan, coinciden en que de no haber sido por la pronta intervención de Manuel el asunto habría terminado en tragedia.

Lo que entre sorbos de alcohol comenzó con unas palabras subidas de tono, en cuestión de segundos devino en discusión y luego en pelea tumultuaria. Requeridos sus servicios, Manuel, fiel a su costumbre, fue de los primeros en entrar en acción y esquivando puñetazos avanzó entre el gentío hasta que ya en el corazón de la trifulca, intentó calmar los ánimos:

—Caballero –gritó– ¡O se calman o por mi madre que voy usar la fuerza!

Sus palabras sin embargo se perdían entre el estruendo de la música, los golpes y las maldiciones que tronaban por todas partes. Frustrada su tentativa inicial, no le quedó más remedio a Manuel que hacer valer su amenaza y echó mano al novedoso dispositivo que el capitán en persona había puesto aquella mañana en sus manos.

Sin tiempo que perder ni entrenamiento previo en el uso del artefacto, levantó el spray de pimienta en el aire y apuntando en el sentido equivocado, activó el mecanismo eyector. El líquido le anegó los ojos y no hubo gritos que a partir de entonces se escucharan más que los suyos:

— ¡Coñoonoooooooooo, me quedé ciego, carajo!

Difícilmente un ejército de policías habría sido capaz de restablecer el orden con la rapidez que sus gritos paralizaron la multitud que combatía hasta ese instante.

—¡Auxilio! ¡Coño! ¡Que no veo! ¡Auxilio! —chillaba Manuel y el triste espectáculo del hombre que ciego de dolor se revolcaba en el piso, obligó a los querellados a poner a un lado sus diferencias para, movidos por la misericordia, socorrer al infeliz.

Entre la Migda y la muerte

Son las doce de la noche y en el barrio La Ramona reina la calma. Ráfagas de brisa llegan silbando del sur ahora que la luna asoma sobre los tejados. No hay gente en la calle y el único signo de vida son dos perros vagabundos que cruzan despacio la avenida principal.

La brisa sacude con fuerza las ramas de los árboles y cargada de aromas penetra por las ventanas de las casas mitigando al fin el calor insoportable. Justo cuando pareciera que los vecinos podrán dormir al fin, se deja escuchar una voz.

—¿Te bañaste, desgracia'o? —Siguen unos pocos minutos de silencio y los que no despertaron antes despiertan ahora con la segunda ráfaga— ¡Ya te lo he dicho mil veces, cacho 'e cabrón, que no me gusta dormir con peste a muerto en la cama!

Al exabrupto sigue un golpe seco que hace temblar la cuartería, señal de que Bernabé la muerte, acaba de caer al suelo.

¡Migdaliaaaaaaaa! —se escucha decir entre lamentos— ¡Migda, por favor, coñó! ¡Tú no me puedes dar así! ¡Yo soy un hombre, carajo! ¡Yo soy tu marido y tú me tienes que respetar! ¡Qué van a pensar los vecinos, coño!

Olvida acaso Bernabé que los vecinos conocen la respuesta de antemano: — ¡Que eres un traste! —responde Migdalia—. Eso es lo que van a pensar.

—¡Migdaaaa, que yo soy tu marido, coño! —la insistencia en su rol conyugal tiene también una respuesta.

—¿Marido tú? ¿Y con qué cuentas?

—¡Pero Migdalia, por tu madre que va a pensar la gente! ¡Baja la voz que te van a oír, coño!

Enojado se lamenta el funerario sin saber que tantas precauciones sobran. Que noche por noche la escuchan cada vez que él se le acerca demasiado en la cama:
—Échate pa' allá viejo cochino, que a ti no te aguantan ni los muertos.

Grande es para los vecinos el precio de habitar entre las tablas de la vieja cuartería, donde Los Mirabal son los actores y ellos, espectadores obligados de la comedia.

—Lo siento, corazón —vuelve Migda a la carga— pero si quieres acostarte sin bañarte vas a tener que buscarte otro trabajo.

—¿Sí? y quién va hacer lo que yo hago en este pueblo —habla Bernabé echando mano a la razón de quien se sabe indispensable, al derecho que le otorga su maestría en el oficio. Su esposa lo ha ofendido en lo más hondo, y ardoroso alza la voz en su defensa— Yo soy un profesional, carajo.

Para de hablar y su voz cede el espacio al ulular de una lechuza

—¿Profesional? —dice soltando una carcajada— ¡Tú lo que eres un viejo comemierda que se las da de cirujano! ¡Y acaba que no estoy pa' ti! Así que deja la habladera y camina pal baño.

Sigue un ruido de pasos y de inmediato la voz de Migda que regresa: —Ah y que no se te ocurra prenderte a la botella—. El eco de la advertencia rebota entre las paredes hasta que Migda habla de nuevo:

—Pero tú no me oíste cacho 'e cabron —nadie ha escuchado sus pasos pero sus palabras son prueba de que lo acaba de agarrar prendido a la botella

—Na' ma' me mojé los labios, mujer —le responde Bernabé y apuntala una vez más su defensa con las supuestas propiedades del ron como antídoto contra los efectos del formol—. Ya te lo he dicho mil veces, que el ron a mí ni me gusta. Si me doy un trago es para destupirme la nariz y quitarme la picazón que me deja el formol en la garganta.

El tono lastimero con que cierra su discurso más la ausencia de respuesta por parte de la mujer son clarísimas señales de que lo peor está aún por suceder. Predicción que pronto confirman sus gritos: ¡Ay ay ay coño, Migda, no me des más por tu madre!

—Mami no le des más que lo vas matar —habla la hija que llega corriendo desde su cuarto.

—Pues entonces coge el cuchillo y mátalo tú, que todavía eres menor de edad y a ti no te van a meter presa.

Ilianita estalla en sollozos y al instante se escuchan los pasos ahogados del padre que se acerca a consolarla. Sus palabras son dulces cuando entre lágrimas le dice lo mucho que la quiere. Momentos después ladran los perros, un grillo rompe a cantar afuera y dos gatos pelean en el techo mientras el llanto de la niña y los ladridos languidecen. Sigue un lapso de silencio, ruido de pasos, agua que salpica, silencio otra vez, Bernabé suelta un bostezo y la calma parece que regresa cuando se deja escuchar la última ráfaga: ¡Échate pa' allá, viejo e mierda!

¡Mi hembra!

Desperté con las sacudidas. A mi lado mi novia me hablaba tan excitada que me costaba entenderla.

—¿Qué tú dices? —le pregunté—

—Que te levantes —respondió volviendo a sacudirme, que el kilo se arrebató.

—Ese nunca ha estado cuerdo —le dije y busqué con los ojos el reloj sobre la mesa de noche—. Déjame dormir por favor que son las tres de la mañana.

—Que esta vez sí es de verdad —insistió mientras sus palabras se confundían con el vozarrón de hombre que decía: —Tú te tienes que acostar conmigo esta noche.

Salté de la cama y corrí a asomarme a la ventana. En efecto, allí estaba el kilo, tirando con rabia de las bridas del animal que renuente avanzaba detrás, irreales los dos como salidos de un libro de cuentos. Media cuadra después se detuvo frente a la puerta de su casa y a todo pulmón soltó la frase que despertó al vecindario: ¡Ahora tú vas a ver lo que es un hombre, coño!

Costaba creer que aquel que vociferaba frente a la casita de ladrillos que en otros tiempos había sido el bayú de Celestina, fuera el mismo joven reservado y amable de unas horas antes.

—Patea, cabrona, patea todo lo que tú quieras, pero tú te tienes que acostar conmigo esta noche —gritaba al tiempo que su primo, Piti semilla llegaba a intentar separarlo del animal.

—Déjame, déjame coño —lo increpaba el kilo— que esta es mi hembra.

—Tú estás loco, kilo, tú estás loco —le respondió semilla— Te lo dije comemierda, que el parkinsonil te va a matar. Pena debería darte que todo el mundo esté mirando este espectáculo.

—Mira déjame tranquilo que ya esta yegüita me conoce, compadre —habló Ramón con ternura en la voz—... ¿No veldad yegüita linda, que tu papi te prometió que esta noche te iba tratal como una reina?

Acto seguido le acarició la crin y al beso que intentó darle el animal respondió lanzando una mordida que arrancó un grito a la multitud. De no haber sido por el oportuno empujón de su primo, el kilo habría necesitado un trasplante de nariz.

—¡Apártate Satanás! —se oyó decir a una sombra que avanzaba a toda marcha. Unos segundos después, la sombra se hizo materia y desde las tinieblas surgió la figura de Herminio, el pastor pentecostal del pueblo.

—¡Pero es que no lo ven —gritó haciendo gala del vozarrón que solía usar desde el púlpito—. Este hombre está endemoniado; trae en la frente la señal del maligno.

—Déjenme tranquilo, cojone, que yo lo que quiero es una hembra —gritaba el kilo aferrado a las riendas de la yegua. Suéltame, suéltame, —comenzó a decir en cuanto el pastor le puso la mano en la frente.

—¡Veeeeete! ¡Vete enviado del infierno! —gritó Herminio al maligno— En el nombre de Dios, te ordeno que regreses ahora mismo a las tinieblas!

—¿Cómo que regrese? —se le oyó decir a una voz—, si por ahí viene.

Justo entonces llegaba desde los confines del barrio una figura con tipo de esperpento que pronto se reveló como la de Carlos el albino. Así que tú eres el que me anda volviendo locas a las bestias —dijo el recién llegado y apelando a su machete cargó contra el secuestrador—. Herminio el pastor le abrió paso y sin nada que hacer, el kilo recibió el primer planazo sin chistar, el segundo lo puso de rodillas, y el tercero lo obligó a soltar las bridas del animal, que a galope tendido emprendió el camino de vuelta.

Por extraño que parezca, los planazos no le arrancaron al kilo ni una queja. Sus lamentos no eran de dolor físico sino de tristeza, sus palabras de amargura por la pérdida: ¡Ay! ¡Mi hembra! —decía— ¡mi hembra!

El breve viaje infeliz de Magaly perra chula

Llegó a vivir a Ranchuelo tras la luna de miel con Rafael. Pocos días después de su arribo a la tierra del cigarro Trinidad y Hermano, se enteró que no se había casado simplemente con Rafael, sino con Rafael perra chula, y que ella misma dejaría de ser Magaly para convertirse en Magaly perra chula.

De la cruenta adaptación a su nueva identidad sobresale un episodio que ilustra como ningún otro la triste realidad de su destino. Sucedió una tarde en que obligada a resolver algún asunto en Santa Clara, capital de la provincia, Magaly recorría las calles, sentada junto a la ventana de una guagua atestada de gente. Cerca del parque Vidal la guagua se detuvo de pronto y alguna fatídica razón hizo que no volviera a moverse. Momentos después, cierto personaje, de visita en la ciudad lo mismo que ella, pasaba caminando por allí y al verla comenzó a llamarla desde la acera: —¡Perra chula, perra chula! —repetía mientras una afectadísima Magaly simulaba no escucharlo.

La insistencia del hombre no tardó en llamar la atención de los viajeros, quienes desconcertados se miraban unos a otros tratando de identificar al aludido. Siguieron segundos que parecieron eternos y ya en este punto Magaly, rogaba porque se moviera el autobús o porque se la tragara la tierra. Resentido ante la indiferencia de la mujer, el sujeto se acercó a la ventanilla y comenzó a golpearla diciendo, más alto esta vez. — ¡Perra chula, perra chula, oye tú, perra chula!

Un momento después la guagua echó a andar por fin y el rugido del motor se confundió con la carcajada colectiva. Magaly bajó la cabeza y ya no volvería a levantarla hasta su destino.

Lost in translation

A Leo y Clara

El doctor Francisco Cabezas, jefe del servicio de urgencias, despertó a las seis en punto como cada mañana. Medio siglo después de haberse graduado en París, su brillante carrera llegaba aquel día a su fin. Sentado al borde de la cama pasaron por su mente los momentos más importantes de su vida: El primer paseo por el Sena, su encuentro con los yoguis en la India, la extensa carta de su madre pidiéndole que regresara a La Habana.

Saltó de la cama con la agilidad que su liviana complexión le permitía y anduvo a cambiar las flores de Manuel. Parado frente al minúsculo altar bajó la cabeza y juntando las manos frente a su pecho elevó una oración por el alma de su compañero. Acto seguido encendió el tocadiscos y La Flauta mágica de Mozart lo invitó a prepararse como si de un día cualquiera se tratara.

De joven prefería las artes escénicas, la pintura, el ballet, Chopin, Stravinsky. Si se hizo médico fue por voluntad expresa de su madre, y si se inclinó a trabajar en emergencias, fue porque era el único perfil de su carrera que no se le antojaba aburrido. Cada mañana era una nueva aventura en ciernes, un desafío por venir. Mientras desayunaba recordó el rostro del primer paciente que salvó de un infarto, la primera muerte, el primer pecho que abrió para reanimar un corazón con sus manos. Recordó también sus repetidas estancias en hospitales del interior; el campesino que, sin bajarse del caballo, entró al hospital de Trinidad y galopando llegó a vengarse del paciente que atendía en aquel momento. ¡Qué no habré visto en esta vida! —se dijo poco antes de salir de casa, sin imaginar que, en efecto, algo le faltaba por ver.

Minutos después, el médico caminaba rumbo a la parada de autobús, ajeno por completo a la mujer que a unas pocas cuadras de allí, suspiraba quejumbrosa en su pequeño jardín. Movida por la nostalgia de su natal Isla de Pinos, la no muy veterana señora, como cada día regresaba a sentarse junto a los helechos que de allá se había traído. Sola y enferma no le había quedado más remedio que hacer caso a su hija cuando esta le pidió que se mudara con ella a La Habana. La enfermedad que de joven le había encorvado la columna, desviado la cadera, hundido en el pecho la barbilla y atraído a su figura los más crueles apodos, amenazaba con extenderse a sus órganos internos, dejándola sin otra opción que cambiar el trino de los pájaros por el vocerío capitalino.

Triste respiró el aroma de las flores a pesar de ser un día especial. La familia —reubicada casi toda en el barrio de Cayo Hueso—, se reunía para celebrar su llegada. Justo a aquella hora su hija atravesaba en lancha la bahía, en busca de los pargos que pensaba preparar para la cena. El resto de las provisiones había llegado de Isla de Pinos la noche anterior, en las alforjas de un primo cowboy.

Al mediodía ya estaban todos reunidos; quince comensales en total, incluyendo los niños. Sólo faltaba la hermana mayor de la recién llegada y una anciana tía, enemistadas las dos con ella a causa de viejas rencillas. A eso de las tres el pescado estuvo listo y su hermano mayor inauguró la cena, recordando algunos pasajes de la infancia compartida. Una tras otra desfilaron las anécdotas, arrancando carcajadas a la concurrencia. Jamás medicina alguna tuvo en la enferma el efecto de aquel ambiente familiar que ahora respiraba. Su rostro sombrío se llenó de luz y pronto la alegría plantó una sonrisa sobre su eterna expresión de disgusto.

Animados por la cena exuberante continuó la fiesta hasta que un ataque de risa colectiva hizo que una espina del pargo se clavara en la garganta de la enferma. Ella chilló y sus parientes comprendieron la gravedad de su condición, en cuanto la vieron agarrarse el cuello con las manos. Alguien le alcanzó un trozo de pan que ella tragó sin aliviarse. Luego bebió un vaso de agua, tosió con fuerza, probó de nuevo con el pan y si no hizo caso a la sobrina que la invitaba a dar saltos, fue porque no habría podido.

A eso de las cuatro irrumpió la familia en el hospital. La hermana y la anciana tía enemistadas llegaron un rato después, respondiendo a un aviso telefónico urgente. El doctor Francisco Cabezas, quien a la sazón terminaba de atender a un herido, los recibió en emergencias. Su primera pregunta no fue para la afectada sino para los familiares. ¿Serían, por favor tan amables de esperar afuera? —les dijo—. Sólo se permite un acompañante por paciente. —La petición, hecha en su tono amable de siempre, tuvo varios lamentos por respuesta, un par de gruñidos sordos y alguna que otra maldición atragantada.

Tan pronto el cubículo se vació, el médico se dirigió a la paciente: Su nombre, por favor. Imposibilitada de hablar la mujer dejó que hablara su hija: —Emérita Quintero, doctor.

Estilográfica en mano, el médico trazó un par de garabatos en su hoja de cargo y luego apuntó la edad y la dirección en las columnas siguientes. Faltaba sólo el diagnóstico que con sinuosos rayones escribió tan pronto fue puesto al tanto de los hechos: Cuerpo extraño en faringe.

No es nada —intentó calmar el médico a la enferma, viéndola respirar como si de repente la espina se hubiera trasladado a sus pulmones—. En un momento se la extraigo. Sólo les pido que esperen afuera en lo que preparamos el instrumental.

Apoyada en el hombro de su hija, la mujer regresó a reunirse con sus parientes en el salón de espera, mientras Francisco las siguió con la vista, menos apenado por la espina que por la deforme anatomía de la mujer

Listo el instrumental, el médico mandó buscar a su paciente, y atenta a su petición, la enfermera de turno llamó en alta voz desde la puerta: —La señora del cuerpo extraño, que pase por favor. A la voz siguió un instante de silencio roto por otra voz que decía: —¡Pero, habrase visto —hablaba una sobrina de Emérita—, cómo se te ocurre burlarte así de una mujer enferma! Desconcertada, la enfermera trató de decir algo, pero una voz más fuerte que la anterior apagó la suya: ¡Más cuerpo extraño tendrá tu madre! —hablaba la hermana enemistada, quien movida de súbito por fraternal impulso, se quitó el zapato que volando impactó a una señora en la cabeza. Un segundo proyectil desprendió el suero de un brazo y si el próximo no dio en el blanco fue porque la enfermera, ya sin nada que decir ni oídos que la escucharan, cerró de un tirón la puerta. La familia avanzó en zafarrancho y Emérita quedó llorando detrás. —¡Qué no, qué no! —decía a los parientes su hija—, ella no quiso decir lo que ustedes...—la súbita interrupción de una tía no la dejó completar la frase—: —Pero mija, que bien se ve que tú no quieres pa' na a tu madre

Un grueso señor vestido de verde se plantó ante la puerta y un poderoso empujón del cowboy lo devolvió a su sitio. Al llamado de los gritos, apareció Francisco y en su tono amable de siempre intentó apaciguarlos: —Cálmense, por favor, cálmense —repitió varias veces, pero ni su exhortación, ni su venerable apariencia lograron poner coto a la revuelta.

La situación se tornaba crítica y otro habría sido el desenlace de no haber aparecido el director del hospital imponiendo a voces su autoridad por sobre maldiciones e insultos. La calma regresó por fin y un par de minutos le tomó a Francisco extraer de la garganta el cuerpo extraño. Emérita recuperó la voz y al médico agradeció con más vergüenza que alivio: —Muchísimas gracias, doctor —solló y sin decir más buscó el brazo de su hija.

—No hay de qué —le respondió Francisco.

Viéndolas partir el médico trazó una raya negra en el próximo renglón de su hoja de servicio y dos líneas más abajo estampó su firma. Soltó el estetoscopio y dejando escapar un suspiro se recostó en el asiento; satisfecho de poner punto final a su carrera y sorprendido de que, en efecto, algo le faltaba por ver.

Miguelito el pirri contra el periódico *Granma*

Le prometí que si dejaba de traerme cerveza aguada y trozos de carne seca a la mesa, pondría mi propina como prueba de mi agradecimiento. Destellos profundos iluminaron sus ojos y aproveché para decirle que el estado deplorable del edificio me hacía sentir que en lugar del Meliá Varadero estaba en una escuela al campo. A lo que el camarero, entrando en confianza, respondió entre risas:

—Te equivocas, no estás en una escuela al campo, estás en un campismo popular. Sin decir más, vació de lozas la mesa y unos minutos más tarde regresó bandeja en alto, dispuesto a cumplir su parte del trato.

—¿Cuántos años llevas aquí? —le pregunté agradecido de que mi cerveza supiera por fin a cerveza—.

—Trabajo en el turismo desde el 87 —me respondió— Antes valía la pena, ahora esto es una mierda —hizo una pausa y se dio vuelta para asegurarse que era rumor de mar y no de pasos lo que sonó a sus espaldas. Terminaba el horario de almuerzo y mi mesa era una de las dos ocupadas bajo el guano seco del ranchón; por lo que sin mucho que hacer el pirri no vaciló en aceptar mi invitación a conversar un rato.

—¡Brother! —continuó— ¡Esto aquí está en candela! Antes venía mucha gente educada de México, Colombia y de todas partes, pero desde que el "difunto" Carlos Lage implantó lo del «todo incluido» se jodió la cosa. Pa' ponerte un ejemplo: Ayer mismo pasó por aquí una delegación de nuestros «hermanos latinoamericanos» que pa' qué fue aquello. Con banderitas y todo pa' que sepa' ¡No dejaron ni los huesos! ¡Barrieron!. Estaban los pobres que si les traía los calderos se los comían también. Pero la cosa no acabó ahí, ¡Queeeé va! Tenías que taparte la nariz para acercarte. Yo creo que esta gente para ahorrarse el dinero de la propaganda, parquean una guagua en cualquier esquina de esos países y le dicen a la gente: Ni se bañen ni na'. ¡Arriba!, to' el mundo pa' Cuba!

La conversación pronto se hizo monólogo y yo disfrutaba menos de mi plato que de la exorbitante oralidad del individuo. ¡Qué gente, mi brother —continuó—. La propina todavía la estoy esperando. A veces cuando llegan sacan un billete de a diez y lo ponen en la esquina de la mesa para que me embulle, tú sabe'. Pero con esa no me muerden más. Cuando terminan se meten el billete en el bolsillo y ni las gracias te dan. Del hotel, qué te puedo decir. De milagro sigue en pie. De lo que se recauda no invierten un kilo en arreglarlo. Pero igual están todos para que lo sepas. Un primo mío es económico de otro aquí cerquita y dice que en su oficina tiene un teléfono sin teclas conectado con La Habana que suena una vez al mes. La voz que habla es casi siempre la misma. Le pregunta cuánto hay de fondo y si él le dice que hay, por ejemplo, ochocientos mil, la voz le responde, haz una trasferencia de setecientos cincuenta mil a tal o más cual cuenta de banco. Enseguida cuelga el teléfono y oídos que te oyeron... Hizo aquí un alto a su narración para preguntarme a qué me dedicaba en la yuma. Le respondí que entre otras cosas escribía cuentos. ¿Cuentos de Cuba? —me preguntó—. Pues sí —le contesté— de Cuba más que de ninguna otra cosa. Paró de hablar y acariciándose entre índice y pulgar la barbilla, pareció sumirse en una meditación profunda. De súbito sonrió otra vez y a punto de decir algo lo interrumpió un comensal de la otra mesa. De mala gana partió Miguel en su auxilio, en tanto yo me resigné a esperarlo con la mejor de sus frases repicando entre mis dientes: Ni se bañen ni na'.

Dos minutos después regresó y su inmensa sonrisa me hizo pensar que lo animaba algo más fuerte que el monto en CUC de mi promesa. Retomó la palabra justo donde la había dejado:

—Así que tú escribes cuentos ¿no? Muchacho te voy a hacer uno pa' que lo escribas, no te vas a arrepentir.

De lo que me contó a continuación guardo más viva la impresión que sus palabras. Sucedió según me dijo, algunos meses antes que el azar nos convocara frente al mar aquella tarde de mucho sol y viento tan fuerte que sacudía las mesas.

Media hora después de terminar sus doce horas de trabajo, el pirri regresó a su casa en las afueras de Cárdenas.

—¡Carmen! —gritó desde la puerta—. Prepara a los niños que nos vamos pa' un hotel este fin de semana.

—¿Y eso —le respondió su mujer— te volviste loco? Qué loco de qué mujer, ya salió en el *Granma*, mira —le dijo poniendo el periódico en sus manos—. A partir de este fin de semana los cubanos van a poder hospedarse libremente en los hoteles.

Desconcertada, Carmen prestó atención a la noticia en tanto él sacó de su bolsillo las entradas que acababa de comprar para cierto destino frente al mar al alcance de su bolsillo.

Menos de una hora más tarde el Moskovich de Miguel hizo izquierda en Vía Blanca y enfiló con sus cuatro ocupantes rumbo a la playa insigne de Cuba.

En el hotel los recibió una muchacha sonriente. Bienvenidos —les dijo—. Un placer tenerlos por acá. Ustedes son los primeros turistas nacionales que recibimos. Al punto sacó de la gaveta los documentos del contrato que el pirri oficializó con su firma. Un instante después la muchacha puso en sus manos la llave de la habitación que ocuparían en el segundo piso. Les deseó una feliz estancia y apuntó con el dedo en dirección al elevador. Los niños partieron dando saltos delante y Carmen los siguió detrás. Ante tanta alegría desbordada, tomó a su esposo por el brazo y halándolo hacia sí le susurró al oído: ¡Ay amor, me parece que estoy soñando! —Miguel balbuceó unos sonidos y Carmen, que lo conocía como nadie, comprendió que la emoción no lo dejaba pronunciar palabra. No habló tampoco cuando agrupada la familia entre las paredes del elevador el pirri buscó con el dedo el número de su piso. Comenzó a temblar tan pronto presiono el botón y Carmen reaccionó de inmediato. De un empujón apartó los niños, levantó su cartera sin precipitarse y siguiendo al pie de la letra la maniobra que aprendió de su padre electricista, de un golpe certero libró al dedo de la descarga.

Diez minutos después el pirri llamó para avisar del incidente a la recepcionista y advertirle de paso que no funcionaba el aire acondicionado de la habitación. —¿Qué habitación, la 203? —le respondió ella— ¡Ay, síííííí, muchacho si está roto hace como una semana! Pero no te preocupes que enseguidita te mando al técnico. Miguel habría preferido que los cambiaran de habitación pero accedió presionado por los niños, únicamente interesados en cruzar cuanto antes la franja de césped que los separaba de la playa.

Antes de partir debió explicar al más pequeño la presencia de aquel rollo misterioso suspendido en la pared. —Es papel sanitario —lo instruyó y tras una simple explicación de sus usos, el niño quiso saber por qué usaban periódicos en casa.

Regresaron con la puesta del sol. En la habitación 203 los recibió una masa de aire tan cálido como el de afuera. Ciego de rabia el pirri descendió las escaleras presto a hacer valer su intención de no aceptar trato que no fueran las llaves de otra habitación. La recepcionista pareció entender y pronto estuvieron instalados en la 308.

Llegó la hora de la cena y al restaurante del hotel partió Miguel con su familia sin imaginar que estaba a punto de tener su primer encontronazo con los hermanos latinoamericanos. La voracidad conque comían los otros obligó a Miguel a alertar a los suyos: —¡Apúrense, coño, que barren!

Un par de horas después, a punto ya de irse todos a la cama, un ruido como de tornillo suelto anunció que algo andaba mal dentro de la máquina de aire acondicionado. La habitación comenzó a hervir y los niños, profundamente dormidos, no parecieron notarlo. Miguel se dio por vencido y decidió que era tiempo de regresar a Cárdenas. Carmen no estuvo de acuerdo y cada quien aportó sus argumentos hasta que una frase de ella sofocó el fuego de la discusión: —Amor, mira cómo se han divertido los niños, piensa que estamos aquí por ellos, por favor.

El pirri no demoró en ceder a pesar de que la situación requería de un esfuerzo mayor. Pasada la medianoche partió solo a casa en su Moskovich y un rato después regresó trayendo en el maletero los dos ventiladores, que estratégicamente ubicados transformaron en oasis la habitación. Cansado hasta los huesos el pirri fue el último en cerrar los ojos y el primero en abrirlos dos horas más tarde por los gritos de Carmen. Pero después de una estancia como aquella, qué coño podía importarle el revoloteo de una cucaracha.

De regreso a casa la tarde siguiente, tirada sobre la mesa los recibió la ya vieja edición del periódico *Granma*. El pirri hizo ademán de agarrarlo pero Carmen sonriente se le adelantó y periódico en mano caminó en dirección al baño.

Breve biografía inconclusa de Kiki millonario

Harta de sus golpes, Judith lo abandonó una noche para irse a recibir los de su mejor amigo. Siempre dijo que no la quería, pero una historia distinta cuenta la nota de su puño y letra que días después ella le entregó a mi hermana, y de la que a continuación copio algunos fragmentos: «A vel y de que silbieron los poema que te ise. Te lo di todo y eso tu lo sabe muy bien. Pensal que te tratava como una reina y que me allas traisionado con ese muelto de hanbre... Pero mi vengansa es dulce y la yebas contigo en el tatuaje que te ice. Dile a ese hijo de puta de parte mia que me rio de el todo los dia por que se que cuando te aga el amor va a tener que leer mi nombre Kiki, ahí donde mas le duele».

—Total —me comentó poco después—. Si yo lo que estaba loco por soltarla. Dentro de unos meses llega mi mujer con mis hijos de Cuba y no me convenía tener ese osorbo arriba. Hasta entonces no sabía que nuestro amigo tuviera familia ni mucho menos que en tan poco tiempo fuera a compartir sus días con la más extraordinaria mujer de que el mundo haya tenido noticias. Es la mejor enfermera de Matanzas —decía siempre que hablaba de su esposa—. Sabe más que un médico. Un filtro, la verdad... Ah y fíjete bien, que es bilingüe por tres idiomas, español, inglés y francés...

De que adoraba a la madre que había dejado en Jovellanos ya estábamos enterados por la forma en que le hablaba cuando venía a pedirnos el teléfono prestado para llamarla. Entre lágrimas la saludaba y entre beso y beso le levantaba el ánimo con noticias de sus más recientes éxitos. Ya me compré la casa, vieja, y vendí uno de los carro, total pa que quiero tanto. Ahora voy a comprarme otra moto. Dile a mi prima Maltica que la semana que viene me voy pa Hawái, que cuando vire le mando las fotos...

A menudo lo invitábamos a comer pero en lugar de compartir nuestra mesa prefería llevarse la comida al apartamento que compartía con Jorge Luis, rollizo personaje de quien lo creímos sobrino hasta que tras una explosiva discusión el gordo lo expulsó de sus dominios. ¡Te vas pal carajo de aquí! —le gritó a los cuatro vientos—. Pero antes me devuelves las llaves de la moto y los tres mil dólares que te di.

$3000 le había costado la cadena con el San Lázaro monumental que no se colgaría del cuello hasta el día que aterrizara, victorioso, en Matanzas. Pero se vio obligado a venderla para pagar los pasajes de avión de su familia, frustrando así uno de sus dos grandes sueños. El otro era llegar a Miami montado en un Corvette. De cómo lo iba a lograr no supimos hasta el día en que nos reveló sus planes: Ganar la lotería de Texas. Su abuelita Juana, muerta hacia cinco años, se lo había confirmado en un sueño. Desde entonces dormía con lápiz y papel bajo la almohada porque el número —le aseguró la difunta— se lo traía en cualquier momento.

Las fotos de Hawái nunca las vimos. Las envió a su familia tan pronto se las hizo un amigo que según decía, era un mago arreglándolas en la Internet. A su familia rara vez le mandaba cartas. Sus mensajes casi siempre iban escritos al dorso de fotografías. En cierta ocasión, de paso por la profunda Luisiana, nos detuvimos a almorzar en un casino y apenas saltamos del auto me tendió la Canon, buscó el ángulo que más le convenía y me orientó con instrucciones precisas: Yo al lado del Mercedes Benz y los dos camiones detrás. Tiempo después reconocí la foto recién dedicada a su madre: Con mi carro nuebo y los dos camione que me conpre.

Vivía ya con su familia en el apartamento del suroeste de Houston que el gordo les había rentado —a cambio de no hacer público el video erótico que habían hecho juntos—, cuando se me ocurrió preguntarle si no extrañaba a Judith. Qué pasa, compadre —me respondió en tono ofendido— yo sé reconocer mis errores.

La misma respuesta me dio cuando quise saber las razones por las que en mi ausencia invitó a mi novia a ver una película a su apartamento. Tan pronto abrió la puerta —me contó ella más tarde— escuchó los chillidos de una mujer. Venían del televisor frente al que a golpe de Bacardí, kiki comentaba a sus amigos la escena. Ella se dio vuelta y a punto de salir escuchó la voz de kiki que decía: —Pero eso no es na, tú va a ver lo loca que la pongo ahora. La perla hace maravilla, asere… Se refería a cierto dispositivo altamente estimulante, hecho de cristal pulido, que se había injertado bajo la piel durante su estancia en la prisión de Agüica.

Rompimos relaciones —por su bien y por el mío— tan pronto supe la manera brutal en que su esposa bilingüe pagó por los flirteos que nunca tuvo conmigo. No volví a saber del Kiki, hasta que hace unos días mi hermana escuchó una llamada en la radio a cierta estación local. El hombre se identificó con la voz algo tomada pero supo que era él en cuanto dijo: Quiero mandal un saludo a todos los cubanos de Houston. Aquí desde mi yate… pescando tiburone en el golfo…

Romárico el nagüe contra las serpientes

Dos años pasó el nagüe en Sri Lanka como entrenador de boxeo. Del islote a un costado de la India no le impresionó el sabor extraordinario de su té, único en el mundo, ni el curri, ni el pittu, ni las extrañas vestiduras de su gente, ni las cabezas rapadas de los monjes budistas. De la fauna más antigua del planeta no lo impresionaron los leopardos, ni el mono con ínfulas de dios que habita en los templos, ni los búfalos, ni los elefantes amaestrados, sino la maldita circunstancia de las serpientes por todas partes.

Recién llegado a Colombo, capital económica de la república, fue invitado a una cena organizada en su honor por un empresario local fanático del guaguancó. Criado entre los picos de la Sierra Maestra y dueño de un paladar bravío, el nagüe engulló sin problemas cuanto plato le pusieron delante, desde arroz en hoja de plátano hasta rodajas de serpiente frita. Los invitados, unos quince en total, observaban fascinados el apetito feroz del extranjero. El cubanito se aclimataba tan bien que parecía uno de los suyos.

No muy avanzada la cena, el individuo sentado a su derecha, abrió la boca de repente y desde sus profundidades gástricas dejó escapar un eructo. Nadie, salvo el santiaguero, pareció sorprenderse. Desconcertado, los vio a todos sonreír en tanto concentraban su atención en el anfitrión de la cena. Al unísono bajaron la cabeza y tras la reverencia colectiva se dio inicio al bombardeo. Aquí y allá comenzaron a estallar eructos al tiempo que Romárico, ya sin el ímpetu voraz de segundos antes, aguantaba la respiración a medida que el aire se iba haciendo más denso. Eructar —habría de enterarse más tarde— era noble tradición en aquellas tierras y una de las más exquisitas costumbres de agradecer al anfitrión por la cena.

El vaho se disipó finalmente y justo cuando el cubano se disponía a degustar un trozo de carne asada, comenzó la segunda fase del bombardeo. Esta vez fue una mujer, quien moviendo la cabeza en señal de asentimiento, comenzó a mecerse de lado a lado sobre el asiento dejando escapar a intervalos los gases de su digestión. Pronto todos comenzaron a imitarla y una carcajada colectiva seguía a cada fétida explosión.

Veinte años después de su estancia en el país de los cocoteros, de su excursión a través de la selva hasta el gran templo de oro de Dambulla, el nagüe sólo recuerda el viaje de vuelta. El camino era agreste y, horror, infestado de serpientes. Ninguna lo aterraba más que la especie a la que los nativos llamaban la voladora.

Regresaban después de pasar el día recorriendo las grutas milenarias que los antiguos construyeron en honor al gran Buda, cuando al chofer, cubano lo mismo que él, se le ocurrió invitarlos a comer en una aldea. Romárico se opuso de inmediato pero terminó cediendo a los ruegos de la pareja de nativos que los acompañaba.

Terminada la cena e instalados de nuevo en la camioneta continuaron camino a través de la selva con la mayor densidad de serpientes en el mundo, tantas que sus cuerpos crujían bajo el peso de las llantas. Atento a cada movimiento, el nagüe comenzó a sospechar cuando mirando con el rabillo del ojo notó cierto movimiento a sus espaldas. Al instante se acercó al retrovisor y confirmó que, en efecto, la mujer se mecía. Un segundo después llegó la onda expansiva y el nagüe se lanzó a bajar la ventanilla.

—Pero tú estás loco, le dijo el chofer, mira que se va a colar una serpiente.

—Que serpiente ni serpiente —le respondió Romárico tras comprobar que el hombre también se mecía— ¡Frena! ¡Frena esta mierda! —gritó justo cuando llegaba la réplica.

—Cómo voy a parar aquí ¿tú estás loco? —replicó el chofer.

—¡Que me ahogo, cojone, o paras ahora mismo o me tiro! —ripostó a gritos el nagüe y sin darle tiempo al otro a reaccionar, abrió la puerta del carro y se lanzó al aire puro.

Así termina la historia de cómo Romárico el nagüe se enfrentó a las serpientes.

Carta a Wilfredito el cantante

Querido Wilfredo:

Pensé que habías encontrado por fin la paz espiritual que tanto necesitabas, pero acabo de enterarme que me traes otra vez en lengua.

Para serte sincero nunca me engañaste. Ni siquiera cuando te dio por llamarme mi conejito. Me saliste con el cuento de que lo decías porque el conejo era mi signo en el horóscopo chino y luego supe que mi signo era el puerco, que lo tuyo era fascinación por los lepóridos, porque a Papito salsita lo llamabas mi liebrecita… Qué pensaría mi abuela, Wilfre, que te quería como un hermano. De niño me contaba que fuiste con ella al kínder y me advertía que no te hiciera caso si alguna vez me llamabas en la calle o en cualquier parte.

No se me olvida la tarde que me viste pasar frente a las oficinas donde trabajabas, y saliste corriendo a llamarme: Oye, niiiiiiiiño, ven acá, que quiero que me oigas. Orondo me paseaste hasta tu oficina exponiéndome a las muecas de tus compañeros. Cerraste la puerta y me invitaste a tomar asiento. Encendiste la casetera y vine a saber qué te traías en cuanto te escuché asesinar a Lady Laura, tu preferida de Roberto Carlos. Terminaste sin aire y desplomado en tu asiento con los ojos llenos de lágrimas. Aquel día comprendí por qué te decían el cantante.

Lo lógico era que te dijeran el pintor, pues en eso sí tenías arte… y un ojo muy fino para escoger tus modelos. Dafni me confesó como lo engatusaste con el cuento de que lo ibas a hacer famoso si posaba desnudo para tu versión al óleo del David de Miguel Ángel. El tati me contó que lo invitaste a celebrar por la escultura que le hiciste y en medio de la cena te aflojaste el batilongo y mirándolo a los ojos le dijiste: Ven aquí, Rafael Armando.

Si cayeron en tu trampa fue por no hablar a tiempo. Yo mismo les hubiera advertido de los artificios que probaste conmigo, como aquel de asegurarme que Richard y Alberto posaron desnudos para ti muchas veces junto al cauce del río Sagua, cuando en realidad lo hicieron sólo una vez y en la playa.

Papito salsita te costó más trabajo. Por años sufriste el martirio de ver su espalda desnuda sacando agua en el pozo frente a tu casa. Un día no te pudiste aguantar y te le acercaste. Le metiste un papel en el bolsillo y le dijiste, lee y después me das la respuesta. Pero no lo leyó y para colmo lo rompió frente a tu cara sin hacer caso a tus lágrimas.

Julito el papo te lo aguantó todo, hasta que le cambiaste la o por la i; y ese día quiso matarte. Yo traté de calmarlo con mi tesis de que eran cosas del alzheimer, pero mi madre me hizo callar con la suya de que eras un viejo maricón de mierda.

Te cogí miedo y si comencé a evitar pasar frente a tu casa, fue para no verte salir corriendo con aquellas historias tuyas:

Niiiiiiiiño, pero que casualidad, tu amigo Basilio se fue de aquí ahora mismo. Vino a dormir el mediodía. El pobre, me dice, ¡Ay! Wilfre yo vengo a estar contigo porque en mi casa nadie me entiende…

Niiiiiiiiño, esta noche vienen Tirso, Renecito el Yety y el Soca, quieren que les cocine unos frijolitos ricos…

Niiiiiiiiño, Delito Manuel vino a verme llorando por una discusión que tuvo con el padre. Lo apreté contra mi pecho y le dije, llora, llora conmigo que los hombres también lloran…

Niiiiiiiiño, tu primo Emilito se me apareció anoche porque quiere cantar boleros conmigo. Pero yo le dije, que va mi negro, tú tienes la voz muy ronca.

Llegué a creer que ya no podías sorprenderme hasta el día que me soltaste el bombazo: Niiiiiiiiño. —me dijiste y yo sin poder correr no tuve más remedio que escucharte—, pero si estaba loco por verte. Vas a tener que hacer algo, muchacho porque me están rascabuchando. Anoche estaba viendo una película y oí aquí mismito, detrás de la ventana, una voz de macho que decía, ¡Ay! ¡Ay! qué rico, papi, papi. ¡Ay! ¡Ay! qué rico. Y me paré y le grité, ¡Ah descarado, porque eso es lo que eres, un descarado. ¡Te aprovechas porque piensas que estoy solo! ¿Verdad? Pues ahora tú vas a ver. ¡Lazarito! ¡Lazarito!, levántate y ven a ver a este descarado lo que está haciendo aquí atrás… Le dije así, para que pensara que tú estabas aquí, para que sepa que tengo quien me defienda. ¡Ay! por favor, Lazarito, no sé ni cómo pedírtelo, pero… ¿tú podrás venir esta noche a acompañarme?

Hace casi diez años me fui del barrio, y créeme que sentí mucho cuando supe que te habías muerto. Tirso Napoleón, tu mulato consentido, me contó que te dio un infarto dormido y que partiste al otro mundo sin enterarte. Me dijo también que René contrató los servicios del olímpico para hacerte una misa espiritual y que te manifestaste enseguida, que el santero se encorvó así como de ladito, puso ojitos socarrones y soltó estas palabras, que no eran de él, sino tuyas. ¡Ay! Por favor, díganle a Lazarito que me traiga rosas rojas el día de los fieles difuntos.

¡Coño, Wilfre, pero ni muerto!

Adonis el mocho y la tradición griega

Érase una vez un rincón en lo profundo del bosque y Acteón acaba de ser descubierto con los ojos en las masas de la sublime Artemisa. Cuatro son las musas que acompañan a la diosa en la tina al aire libre. Ránide, la más esbelta, con una mano cubre sus pechos mientras con la otra apunta al sitio donde acaba de ver el rostro agazapado entre los cipreses. Más al centro de la acción, Néfele, la maciza ninfa de las nubes, se aferra a un brazo de la diosa para protegerla con su cuerpo de los ojos impíos. A la derecha, perfilada sobre el cielo azul del mediodía, Psécade, no parece perturbada con la sorpresiva aparición del individuo, tiene una mano entre sus piernas y la expresión de sus ojos revela de inmediato el motivo. Fíale abre los brazos e inclinada hacia delante pareciera que invita al desconocido a corromper con su sudor la fosa de aguas purísimas.

Sentada sobre sus túnicas sagradas, la diosa se rehúsa a escuchar las explicaciones del mortal, quien le asegura que pasaba muy cerca con sus perros, cuando de pura casualidad escuchó el chapoteo de los cuerpos. Piensa el ingenuo cazador que la reina de los bosques esconde su rostro por vergüenza. No sabe que si se ha dado la vuelta es porque quiere atravesarlo con el arco que ha guardado entre las hierbas. Antes le ha rociado con agua de manantial la cabeza y ya le brotan del cráneo los cuernos del maleficio divino. Poco después al griego se le alargará la cara, sus dedos se transformarán en pezuñas y sus perros no sabrán que pasó con su amo mientras persiguen al ciervo que huye ente los cipreses.

Griego fue también Dionisio Areopagita, filósofo místico y discípulo de Saulo (el Pablo de la Biblia cristiana), de quien unos veinte siglos más tarde un célebre voyeur habanero tomó el nombrete prestado. El personaje alcanzó notoriedad a mediados de los cincuenta y cuentan que a la caída de la noche, nuestro aereo-pajita tropical se encaramaba al más frondoso laurel del Parque de la Fraternidad y desde su privilegiada luneta le extraía los zumos a su cuerpo mientras contemplaba el accionar de las parejas a través de las ramas. Su nombre lamentablemente desapareció de los archivos tras una sacudida de la historia, pero más de un estudioso asegura que por orden suprema lo borraron a su regreso, barbudo, de la Sierra Maestra.

De Grecia le viene también el nombre a Adonis el mocho. Su nombrete, sin embargo, nada tiene que ver con la patria de Perseo, sino que fue parte del precio que debió pagar por librarse del servicio militar. La otra parte fue el momento en que puso el machete en las manos de su mejor amigo y cerrando los ojos esperó por el tajo que le separó de la mano el dedo de apretar el gatillo.

Pequeño a pesar de los tacones con los que intenta disfrazar su metro sesenta de estatura, Adonis se inició temprano en el arte de las hendijas. A sus nueve años ya podía describir con precisión de cartógrafo la anatomía de su tía Genara y a los doce era asiduo visitante a los mejores «cines» del barrio.

Poseedor de una zurda temible, sus biógrafos coinciden en que de no haber malgastado sus energías, habría llegado lejos en el deporte de los puños.

Del Adonis legendario, dios de la belleza y el deseo, nada heredó nuestro héroe de esas cualidades supremas. De Heracles, sin embargo, a sus casi cincuenta años lleva todavía el vigor en sus muñecas, de Zeus el vozarrón y de Ares la sed de violencia. Que haya marcado un hito en la historia nocturna del pueblo, se lo debe a que, contrario a quienes lo precedieron, no ha habido ocasión en que cogido infraganti, el mocho haya corrido en lugar de hacer valer con sus puños los derechos que le ha dado Nyx, diosa de la noche y patrona de los mira-huecos. Testimonio de su bravura es la sonrisa sin dientes del pobre Juan de Dios, quien una madrugada salió en calzoncillos a defender su intimidad, sin prestar atención a la advertencia de su esposa: ¡Cuida'o que es boxeador!

Sus ardores no lo apagaron los años, ni los calabozos, ni la caída brutal de un tercer piso, ni las promesas que le hizo a Leonela su mujer, so pena de perderla para siempre. Ávido de agujeros anduvo por el mundo hasta que un flechazo de Eros lo animó a suspender sus aventuras nocturnas.

Ana se llamaba la muchacha de ojos seductores y anatomía perfecta que del Olimpo bajó sin avisar a instalarse en la casucha de al lado. Separados tan solo por una pared carcomida, el griego no volvió a tener más ojos que para ella. En secreto adoró sus misterios hasta la madrugada fatal en que unos resoplidos —como de toro en embestida— despertaron a su esposa, quien lo sorprendió desnudo con un ojo arrimado a la pared y en pleno frenesí de su diestra.

Atrapado *in fraganti* el mocho saltó de las alturas e invocando los favores de Dionisio —patrono de las artes dramáticas— comenzó a brincar sacudiendo su cuerpo como si intentara despojarse de un abrazo invisible. La maniobra sin embargo no alcanzó para aplacar la ira de

144

Leonela, quien a la manera de Eurídice, convertida en humo desapareció de su vida para siempre. Adonis trató de detenerla pero de nada sirvieron sus ruegos: ¡Que no soy yo, coño, es el diablo que tengo meti'o en el cuerpo!

Salida ilegal

Tan pronto me senté en el piso del remolque escuché la voz que me decía: — ¿Tú estás preparado para morir? Giré la cabeza y tropecé con dos ojos desorbitados y enormes que parecían salidos de una película de Hitchkock. La pregunta me estremeció por dentro. Traté de responder pero sólo atiné a forzar una sonrisa estúpida. Ya se lo dije a mi mujer —dijo el hombre, ahora que el camión se movía por las calles de La Habana camino a un punto secreto de la costa, donde una lancha nos sacaría de Cuba— que nosotros estamos muertos —mientras hablaba, su calva sudorosa centelleaba bajo el sol del mediodía—. Así que si nos morimos no importa, porque ya estábamos muertos.

Comenzaba octubre y a juzgar por el calor el verano parecía que no acabaría nunca. Éramos treinta y seis y todos traíamos impregnado en el rostro el estrés de los últimos días, la preocupación por la familia que quedaba atrás, el desasosiego por las continuas posposiciones del viaje. Pero sobre todo, la incertidumbre de sabernos a merced de la suerte, del mar, de los imprevistos del estrecho de la Florida.

Mis más largas travesías hasta entonces no pasaban de cruzar a cada rato la bahía para visitar a mi familia en Regla. Sobre supervivencia en el mar conocía muy poco, nada en comparación con mi experto compañero de aventuras, quien no cesaba de dar muestras de su erudición en el tema. Si nos vamos a pique —me instruyó—, tienes que mantener la calma, este montón de mujeres va a empezar a gritar como locas y se nos van a venir encima para que las salvemos. Si dejas que te agarren te hunden con ellas, así que suéltate, busca algo que flote, y espera.

No salíamos todavía de la ciudad, cuando uno de los guías nos pidió que nos tendiéramos en el piso y me despedí de La Habana mirando a los pájaros posados en el alumbrado público.

El primer tercio del viaje transcurrió sin contratiempos. La hermosa visión de aquel paraje, partido en dos por la carretera, me servía de antídoto contra el monólogo de mi compañero. A mi madre —me aseguró— le dejé dicho que me diera por muerto, y a mi ahijado le pedí que me despidiera el duelo.

Tan pronto entramos en Pinar del Río, alguien vino desde la cabina delantera del camión para informarnos sobre los detalles finales de la operación. La lancha nos estaría esperando en la costa a eso de las once. De nosotros dependía que pudiéramos abordarla sin contratiempos. Ya en la playa nos bajaríamos del camión sin hacer ruidos y caminaríamos unos pocos metros hasta el agua. Mientras hablaba sacó un teléfono celular de su bolsillo e intentó comunicarse, era la primera vez que veía uno de aquellos aparatos fuera de una película americana.

Caía la tarde cuando el panorama cambió de súbito y una misma escena empezó a recibirnos en cada caserío. Techos derrumbados, casas destruidas, árboles arrancados de raíz y escombros por todas partes, daban un toque apocalíptico a aquellos pueblitos fantasmas, azotados por un ciclón dos días antes.

El desastre se hacía mayor a medida que nos aproximábamos a la costa, obligándonos con frecuencia a detenernos para despejar la carretera de árboles. Fue precisamente en medio de aquellas maniobras, que mi elocuente compañero me enseñó el chaleco fosforescente que le había proporcionado su hermano, marinero de profesión. El cual —me aseguró— mejoraba sus chances de ser avistado por un avión en caso de que el barco zozobrara. ¡Ah! y acuérdate que en el agua es preferible no nadar —me hizo saber—. La gente piensa que nadando el cuerpo se mantiene caliente cuando en realidad sucede todo lo contrario, si nadas te jodes más rápido, te congelas pa'l carajo.

Sobre las diez llegamos a la playa. En silencio nos bajamos del camión y en fila india avanzamos envueltos en una densa oscuridad que apenas nos dejaba ver al que caminaba delante. Tan pronto llegamos a la orilla una nube de mosquitos hambrientos se nos vino encima. Resistimos por más de una hora hasta que el embate fue demasiado para los más pequeños del grupo. Sus padres levantaron la voz y a los guías no les quedó otro remedio que llamar a retirada.

El regreso fue ameno a pesar de la frustración. Ya no éramos más los extraños que el azar había reunido en una esquina de la calle Belascoaín unas pocas horas antes, sino veteranos de campaña. El recelo de horas antes se había transformado en hermandad y muy pronto los más fogueados comenzaron a narrar sus vivencias de expediciones anteriores. Todos pugnaban por hablar y el primero que lo hizo contó la ocasión en que perdido por días en unos manglares, aprendió de unas vacas la técnica de dormir metido en el agua para burlar los mosquitos. Para una pareja de Cárdenas, aquel era su séptimo intento y entre risas nos contaron que en cierta ocasión llevaban dos días esperando por la lancha en un cayo, cuando despertaron en medio de una lluvia de bombas y ráfagas de ametralladoras. El lugar era un campo de entrenamiento de la artillería cubana y de no haber sido por el helicóptero que los avistó en medio del cañoneo, no nos hubiéramos enterado del cuento. Tres meses les tomó convencer a la Seguridad del Estado que sólo estaban esperando una lancha que venía a recogerlos y nada tenían que ver con aquel caso de espionaje militar en el que querían implicarlos.

Más de una hora llevábamos de camino, cuando el camión se detuvo y el de la cabina regresó a instruirnos. Caballero, anunció con voz enérgica, hubo problemas pero la lancha va camino de la costa y va a estar allí en dos horas, así que tenemos tiempo suficiente, el que no esté dispuesto a regresar, este es el momento de bajarse.

Todos estuvimos dispuestos. El camión se dio la vuelta y la playa esta vez nos recibió con un panorama distinto. Olas impetuosas rompían sobre la arena, impulsadas por ráfagas de viento, que habían limpiado de mosquitos el aire. Miré a lo lejos y divisé las luces de un barco, mientras la luna escalaba el cielo cerca de un faro que acababa de encenderse. Justo entonces mi compañero de viaje me informó que de acuerdo con el mapa que traía consigo, aquel faro anunciaba a los barcos la proximidad del cabo de San Antonio, justo el punto donde acababa Cuba.

Más de una hora esperamos esta vez sin que apareciera lancha alguna. El guía trató varias veces de comunicarse por su celular, pero era imposible captar la señal de tan lejos. No lo podíamos creer, cuando una vez más nos vimos camino a la capital, abatidos por la frustración y cansados hasta los huesos. Resignado a mi suerte traté de dormirme sobre el metal frío del camión.

Pocos permanecíamos despiertos cuando el teléfono celular captó por fin la señal y desde el otro lado nos decían que la lancha esperaba en la playa. Casi amanecía y a punto de entrar a la ciudad regresó el de la cabina:
—Caballero —habló con drama en la voz—, el riesgo es muy grande. Vamos a tener que volar, esa gente nos está espe-rando y los guarda fronteras pueden detectarlos. No

termi-naba aún su explicación cuando el chofer, rubio, de pelo encrespado y cara de perro rabioso, trepó a la cama del ca-mión para conectar el tanque extra de combustible al mo-tor. Los cinco minutos que le tomó la operación alcanza-ron para algunas despedidas y el número de tripulantes se redujo a veintisiete. Terminada su obra, el chofer quiso in-fundirnos confianza y riendo nos dijo: No se preocupen, caballero, que a mí me dicen Fangio en La Habana. Se apu-ró luego a ubicarse frente al timón, aceleró con potencia y como para justificar la comparación con el célebre argen-tino, trazando un arco en el pavimento enfiló rumbo a occidente.

Puestos todos de pie, me aferré con fuerza al techo de la cabina ahora que los bordes de la carretera parecía unirse adelante. Sentía como si volara en el lomo de una bala. ¡Agárrense fuerte!, grité y mi voz fue absorbida por el estruendo del motor. Los niños comenzaron a gritar y junto con ellos sus padres, quienes soltando los más atroces insultos pedían a los de la cabina que redujeran la velocidad, algo para entonces imposible. El pánico cundió y sin mejor solución a nuestro alcance algunos empezaron a invocar a Shango, otros a la santísima Caridad del Cobre, y otros —los más— al coño de la madre del chofer que no bajaba la velocidad. Fue entonces cuando entre el tronar de maldiciones escuché la voz de un tripulante que inmutable decía: Tranquilícense, señores, que nosotros estamos muertos… Justo entonces comprendí que en efecto, aquel hombre estaba muerto.

Todo el poder de los orishas no alcanzaba para devolver la cordura a los de la cabina y yo luchaba por espantar de mi recuerdo el accidente en que varios tanques cargados de combustible, parecidos a los que tenía a mi lado, multiplicaron el número de muertos.

Alguien encontró un tubo de hierro lo suficientemente largo como para golpear con contundencia la cabina y tras un par de porrazos, el camión se detuvo. Quedé ante la disyuntiva de desistir y apearme allí mismo o continuar camino. No me tomó mucho decidirme y quince minutos después fui uno de los veinte y dos que fuimos a vernos las caras con la muerte. Nos esperó en una curva flanqueada por algunos árboles y una minúscula casita que ya antes me había llamado la atención por su peligrosa ubicación al filo de la carretera. Ahora sí tendrá que bajar la velocidad, pensé, pero un par de segundos después comprobé que me equivocaba.

Dudo que el verdadero Fangio hubiera sido capaz de controlar aquel monstruo de veinte toneladas con la maestría que aquel hombre bordeó el filo de la curva afincado en las doce ruedas derechas. El aliento se me salió del pecho cuando sentí despegar del piso las ruedas de la derecha y algo se me trabó en la garganta cuando al mirar a la izquierda vi la hierba tan cerca que creí que podía tocarla.

Ya en la costa nos esperaba una sorpresa. Parado en medio del camino un insospechado centinela nos hacía señas para que nos detuviéramos. La intención del chofer era otra y sin hacer caso al machete que el héroe blandía en el aire, aceleró tan fuerte que a punto estuvo de convertirlo en mártir. En efecto, la lancha estaba allí, logramos verla cuando se acabó la carretera y el camión siguió de largo aplastando cuanto arbusto encontró a su paso. La arena tampoco nos detuvo, ni el agua. El oleaje nos recibió violento y rompiendo crestas avanzamos hasta que finalmente nos detuvo.

Un instante después me vi metido en el agua con mi mochila de balsero en alto y el corazón en la garganta. Alguien tuvo deseos de bromear y dijo: Esto es como el yate Granma, caballero, pero al revés. A mi derecha una mujer rezaba en voz alta mientras su esposo avanzaba delante cargando al hijo en sus brazos. El tramo era muy corto y enseguida estuvimos a salvo. Tan pronto trepamos a la cigarreta, un chasquido metálico despertó los motores que rugiendo nos propulsaron sobre las aguas. Miré hacia atrás y de aquel momento recuerdo la línea verde que crecía en la distancia y un increíble pensamiento: Me voy de Cuba.

Mar adentro nos esperaba un yate de mayor envergadura. Toda una lujosa maravilla equipada con avanzadísima tecnología. Escogí un asiento junto a una ventana y ya no me volví a mover durante las doce horas que duró la travesía. Desde allí contemplé el ir y venir de barcos en el horizonte y los saltos alegres de los delfines.

Muy pronto niños y mayores cayeron rendidos por la fatiga. En la cabina el radar nos alertaba de tormentas, o la posible presencia de guardacostas gringos. Yo pensaba en mi familia y en la sorpresa que se iban a llevar cuando supieran de mí. Poco a poco comencé a sentir como si me despojara de una enorme carga. Y me sentí ligero, aliviado, libre. Mi más claro recuerdo es el momento en que apoyé los codos sobre la mesa que tenía delante y apretándome las sienes con los dedos me pregunté qué hacía montado en aquel barco y por qué me tenía que ir de mi país. Son preguntas que a cada rato me hago, sin respuesta.

¡Qué injusta es la vida!

Contaban los allí presentes que Balzac se despidió del mundo diciendo: «Ocho horas con fiebre, ¡me habría dado tiempo a escribir un libro!» Siete décadas después, el más grande escritor checo del siglo XX, Kafka, ya sin pulmones ni aliento, le dio este ultimátum a su médico: «Máteme, si no usted es un asesino». Carlos Marx, quien murió con más calma, harto de su ama de llaves, la echó de la habitación ante la insistencia de aquella en recibir de su boca un mensaje para el porvenir. «¡Fuera —gritó y la mujer obedeció en el acto—, desaparece de mi vista! ¡Las últimas palabras son cosas de tontos que no han dicho lo suficiente mientras vivían!». Nerón, el loco emperador romano, que se las daba de poeta y actor, ya ardiéndole el puñal en el cuello, tuvo tiempo para un último verso: «¡Qué gran artista perece!»

Goethe, que sí era poeta, encontró en sus últimos segundos lo que no pudo en su larga vida cuando dijo «Luz, más luz». En tanto Whitman, que no lo era menos, optó por una no tan ilustre expresión: «¡Mierda!».

Bolívar, por su parte, frustrados sus sueños de unidad continental —hoy sabemos que avizoraba también los desmanes del porvenir—, confesó a sus generales: «He arado en el mar».

Nombres como Mozart, Beethoven, Calígula, María Antonieta, abultan la lista de famosos que algo interesante dijeron antes de partir. Claro que el renombre no es condición indispensable para ejercer el postrero derecho, y de estos que murieron sin glorias recuerdo, en especial, al anciano a quien recibí en el hospital, mi primera madrugada como médico de urgencias. Corto de recursos trataba de salvarlo de un infarto cuando aterrado lo escuché decirle a su mujer: «Vieja, fíjate bien, que pa' mí que este medicucho no sabe lo que está haciendo».

Despedidas, escucharía otras muchas, pero ninguna que me haya impresionado tanto como la que acaba de pronunciar Blanquita, una honorable vecina del barrio donde crecí.

Maestra por más de cuarenta años, ya estaba casi a punto de embarcarse cuando recordó que le faltaba despedirse de la mulata Marcela, la amiga entrañable que hasta entonces había permanecido fiel a su promesa de no verla.

Refugiada en su casa, más que la muerte inminente de aquella a quien quería como a una hermana, a la noble Marcela le inquietaba la certeza de que muy pronto su amiga se uniría a los fantasmas que a cada rato venían a visitarla. Hasta tanto llegara ese día, prefería recordarla risueña y escandalosa como siempre fue, desenfadada y robusta como la mujer que de niña, respondía sin enojo al nada ilustre apelativo de «la vaca».

Encendiendo una vela a San Lázaro la sorprendió Roberto, el primogénito de Blanca. Mami quiere verte —le dijo y tras un corto intervalo de silencio Marcela respondió que prefería quedarse donde estaba, sentada en el sillón frente a la foto del esposo muerto de un balazo en selva angolana. El mismo que a cada rato, insensible a los gritos de ella, regresaba a disculparse en las noches por dejarla sin los hijos que le había prometido.

No pudiendo convencer al joven, Marcela le contó de su pánico a la muerte, de su miedo irracional a contagiarse con cualquier enfermedad, aún las no contagiosas y de su deseo de recordar a Blanquita llena de vida como la mujer que fue. Pero Roberto insistió y Marcela, vencida por las súplicas de aquel a quien desde niño llamó «mi sobrino», no le quedó más remedio que acompañarlo.

Viéndola llegar, la enferma convocó las pocas energías que le quedaban para intentar un simulacro de sonrisa. Hizo luego ademán de sentarse pero no le alcanzaron las fuerzas. La amiga se acercó despacio hasta el borde de la cama y apretado el pecho confirmó los más atroces comentarios que le habían hecho: Está más muerta que viva; el cáncer la dejó en el hueso; la pobre, parece una calavera.

Blanca tosió y Marcela sintió el tronar de sus pulmones en los suyos. Una punzada de dolor le atravesó luego la espalda y aun así se compuso para atajar con sus dedos la lágrima que bajó por el rostro de la enferma. Como tela fina sintió la piel de aquel rostro bajo las yemas, y por un momento creyó que quien se moría era ella.

—¡Qué injusta es la vida, mi amiga! —habló al fin la moribunda—. Tú que siempre has sido tan buena la vida no te ha recompensado con nada; ni hijos ni familia, ni nadie en quien apoyarte —la falta de aire que para entonces no dejaba respirar a Marcela cedió ante la bondad del ángel que a punto de morir pensaba en ella—. Yo en cambio lo he tenido todo —continuó hablando con voz que ya empezaba a apagarse—, un esposo maravilloso, tres hijos y un montón de nietos que adoro —lloró por unos segundos y Marcela lloró con ella, ajena por completo a lo que le faltaba por oír—. Tú, mi gran amiga, no tienes por quién vivir, nadie te va a llorar ni tienes nada que hacer aquí... Y pensar que sea yo la que se tiene que morir.

La noche del General[3]

Tiene la pluma en la mano y la mirada perdida en el retrato colgado en la pared. Sobre el escritorio, más cerca de sus ojos, descansa el papel en blanco donde está a punto de sellar la suerte de ochocientos hombres. Una gota de tinta escurre lentamente de la pluma ahora que las campanadas del reloj anuncian que son las siete de la noche. El general respira profundo e intenta otra vez componer la orden en su mente, mientras del otro lado de la puerta llega el rumor distante de pasos. Razones tiene de sobra para ejecutarlos. Las tropas enemigas se aproximan y de llegar a conquistar la plaza echarán abajo las puertas de las cárceles y ochocientos carniceros se unirán a sus filas.

La capital caería de inmediato y su indulgencia de ahora no haría más que aumentar el número de víctimas más tarde. Pero, ¿qué razón moral puede obligarlo a continuar alimentándolos cuando su propio ejército se muere de hambre allá afuera? Queda la pregunta de qué hacer con los heridos de guerra. Hay más de cien entre el hospital y las mazmorras.

---

[3] Cuento ganador del concurso internacional de cuentos Meliano Peraile, Madrid, 2013.

Sabe, sin embargo, que se engaña, que en vano intenta despejar de su mente su preocupación mayor: que su nombre quede salpicado de sangre para siempre. Que el futuro se lo cobre privándolo del lugar que se ha ganado entre los grandes de la historia. Cierra los ojos y puede escuchar los gritos de quienes en su contra vociferan cien, doscientos años más tarde.

No tiene hijos —sabe que nunca los tendrá—, por eso no puede entender a quienes le piden que piense en las familias de estos hombres, en los hijos que dejaron del otro lado del mar. Mas, qué son unas cuantas vidas comparadas con el destino de la patria, con la libertad que juró defender hasta las últimas consecuencias. No se lo ha dicho a nadie pero la suerte de estos hombres le importa menos que la de un indio o la de un negro. Vuelve a introducir la pluma en el tintero y apenas la levanta, una sensación de vértigo lo obliga a cerrar los ojos, poderosa como la que no sentía desde el día en que a punto de ser capturado, logró escapar del enemigo dejando a varios de sus hombres detrás. De esa mancha vergonzosa pudo liberarse cuando en el próximo combate guió personalmente a sus hombres en la carga. ¿Tendrá acaso manera de librarse de esta otra?

¿Clemencia? ¿La han tenido ellos acaso? Qué los detendrá cuando, libres otra vez, reciban la orden de pasar por las armas a ciudades enteras, ancianos, mujeres y niños, cuando recelosos de todos, asesinen incluso a los que simpatizan con su causa.

Suelta la pluma y muy lentamente se pone de pie. Camina hasta la ventana y los taconazos retumban sobre el tabloncillo. Con una mano descorre la cortina mientras apoya la otra sobre el sillón donde en la tarde ha dejado colgados el pantalón mugriento y su sacoleva de gala. Las botas descansan del otro lado impregnando la habitación de una fetidez que su olfato no siente.

Abre la ventana y una brisa fría le pega en el rostro. La noche penetra con prisa y junto con ella el olor a maleza de los cerros. Dos guardias lo saludan desde muy cerca y el sonido de sus voces se mezcla con los silbidos de los insectos. Recostado en la ventana permanece unos minutos en tanto la luz de la vela que oscila a sus espaldas le confiere una apariencia de espectro a su enclenque figura. Algo resplandece a lo lejos y en aquella dirección cambia la vista. La próxima descarga ilumina las montañas y el fogonazo le alcanza para ver las bandas de nubes que se acercan. Un segundo después el vértigo regresa acompañado por el estruendo del relámpago y un dolor de puñalada en el vientre.

A punto está de correr al baño cuando al silbido de sus intestinos sigue un alivio inmediato. Ese maldito vino otra vez —piensa ahora que el hedor le azota la nariz—. Debería mandar a fusilar a quienquiera que haya vuelto a comprarlo. Mira a su derecha y vuelve a encontrarse con

163

los ojos de su esposa difunta. Un poco más arriba del retrato, el reloj le advierte que el tiempo apremia, que del otro lado de la sierra el comandante de la plaza espera por sus órdenes.

La brisa sopla ya con más fuerzas y levanta del escritorio el papel que revoloteando roza uno de los candelabros antes de venir a caer a sus pies. ¿Habrá sido el viento? Qué pensará el Dios de sus padres sobre el crimen que está a punto de cometer. Pero ¿no fue Dios quien acabó de un zarpazo con naciones enteras? ¿No llovió fuego en Gomorra sobre pecadores e inocentes?

Se agacha a recoger la hoja y el vistazo que a continuación echa a la puerta le hace recordar que el emisario aguarda del otro lado. Gira sobre sus talones y sin perder un segundo regresa al escritorio. Los taconazos retumban otra vez ahora que la lluvia comienza a salpicar en la ventana. Sabe que la eternidad lo espera, que sus victorias por venir borrarán esta ignominia de su nombre porque a fin de cuentas, la historia no es la que está escrita en los libros. Tocará a sus biógrafos encontrar la excusa necesaria. Su obligación ahora es proceder y tendrá que hacerlo, como antes Napoleón, o como Alejandro, que en Fenicia esclavizó a los niños y ahorcó dos mil inocentes.

Necesita acabar con este asunto antes de que un nuevo pensamiento interfiera con su deber como General en Jefe. Sin perder tiempo pone el papel sobre la mesa, agarra la pluma y escribe: «Señor Comandante de La Guaira: Por el oficio de Ud. que acabo de recibir me impongo de las críticas circunstancias en que se encuentra esa plaza, con poca guarnición y un crecido número de presos. En consecuencia ordeno a Ud. que inmediatamente se pasen por las armas los españoles presos en esas bóvedas y en el hospital, sin excepción alguna. Cuartel General Libertador, en Valencia, 8 de febrero de 1814, a las ocho de la noche. Simón Bolívar».

Tití peseta en urgencias

Ay docto, pero que le voy a decil. Mi mamá siempre decía que yo salvé a Ranchuelo. Que un ciclón iba a partilo en do pero ese día nací yo y Dios lo desvió pa Matanza polque no quería mandarle a este pueblo tanta desgracia junta. De chiquito mi vieja me quiso metel a calpintero. Yo le dije que eso no era lo mío, que lo mío era la música. Detoas folmas me metió a aprendiz de Juan Foulde. Pero no aprendí ni a clavar una puntilla, lo único que me gustaba era abrirle hueco alas tabla. Hasta que la vieja se cansó y me tuvo que metel a músico. Cogí la trompeta en la mano y ya no la volví a soltal. De niño siempre me gustó el coco, el coquito quiero decil, las blanquitas vaya, pa que me entienda. Si hasta mis amigos me lo dicen, negro, tú prefieres ir al moltuorio de una blanca que a los quince de una negra. Y que le voy a hacel si así nací, veldad. Pa negro yo mi brodel. Desde chiquito tuve una pila e negrita puesta pa mí, pero nunca manché el espediente. Por eso me quedé vilgen, y tú sabe que doctol, que no me arrepiento. Las blanca nunca me ha faltao, en este pueblo me la sé a toita de arriba abajo. Empecé con mi tío Juanito el guru guru. Ese sí que era un balbaro, la veldad, el mejor que ha existío. Con él aprendí a correl con las rodillas, pa que sepa, él y yo nama, pregunte uste por ahí quién ma puede hacel eso. Je, pol poquito nos cogen la primera vez que salimos. Fue aquí celquita, en casa de Cheo hueso, no se me olvía que había un platanal en el patio. La cosa se jodió pol culpa de un chiguagua e mielda. El bicho empezó a ladrar y tuvimos que salir mandao. El guru iba delante, de pronto se paró, se tapó la cabeza con un trapo que traía y me dijo, tú sigue que yo soy una mata e plátano. Y tu pue creel chico que lo confundieron. Una ve regaron en el pueblo que me cogieron recabuchando a Yamira la hija del yumi. Sí, chico, la novia de Angel Lope el pelotero. Que clase encabronamiento cogí. No polque me hayan cogío, polque a la veldad veldad me han agarrao mil vece, pero coño, a esa negrita. ¡No joooooooda! Lo mío como ya te dije es la música, soy el trompeta de la banda municipal. Cuando no estaba ensayando me pasaba el día en la telminal de guagua, llamaban pa Esperanza y ahí estaba el titi, pa Santa Clara y ahí estaba el titi, pa Cienfuegos y ahí estaba el titi, mientras más blanca y más molotera mejol. Con la mano, el galfio como yo le digo, tocándolo to. Hasta que un día el administrador me cogió a lo coltico y me dijo, ven aca negro pa dónde e que tu va. Na, que me tuve que movel pa Santa Clara. Con tan mala suelte, docto, que caí el primel día. Que clase e blanca pol tu madre. La vi desde que entró a la telminal. Venía con el marío pero así y to me le paré al laíto. El tipo era un animal, pesaba como trecienta libras, pero e una cosa que me cae que no me puedo controlal. Llamaron pa Caibarién y ahí mismo me le pegué a la tipa. Se folmó la molotera y me le tiré con el galfio, pero con tan mala suelte que agarré la nalga del tipo. Y mire como me ha dejao ese animal. Dígame la veldad, usted cree que el titi vuelva a vel de este ojo. Por eso vine a verlo, doctol. Pol mis hueso ni se preocupe, que ellos se arreglan solo. Yo lo que necesito es vel rápio al oculista. Uste cree que me pueda dal un tulnito. Mire que tengo tremendo miedo de peldel este ojo. Sálvamelo mi docto que se lo juro por mi madre que yo sin ojo me muero.

Un profeta en Babilonia

El día que lo iban a internar, Simón Arencibia despertó temprano según su costumbre, releyó algunos pasajes de la Atalaya y siguiendo las enseñanzas de su fe, oró a Jehová para que lo guiara en su sagrada misión de aquel día. Acto seguido se apuró a alistarse y para el momento en que el sol tocó su ventana, no le faltaba más que anudarse la corbata y echar mano al maletín atestado de revistas. Sobre las siete salió a la calle y a toda prisa encaminó sus pasos rumbo al banco frente al cine Prado. Cinco minutos después estrechó la mano de René, su compañero de prédicas, quien sonriente lo invitó a repasar el itinerario del día.

Sentía un gran afecto por René, el hermano de fe que lo ayudó a encontrar la verdad y a romper para siempre con las miserias del mundo. Se habían conocido justo en aquel banco al que algunos meses después regresaban cada sábado antes de salir a predicar las buenas nuevas del reino. Su vida cambió a partir de aquella tarde y jamás iba a olvidar el momento en que René lo encontró sentado bajo el sol abrasador del mediodía. Pasaba casualmente por allí y tal fue la impresión que le causó el rostro atribulado del muchacho que sin dejarse intimidar por su descomunal tamaño y las contorsiones frenéticas de sus brazos se sentó a su lado. Simón no estaba interesado en hablar y así le

171

hizo saber con un gruñido, pero la voz suave del otro, experta en calmar los ánimos del descarriado, transformó pronto el gruñido en interés y para cuando llegó el momento de regresar a casa, ya Simón había encontrado el sentido de sus días en la verdad que acababa de serle revelada. Acordaron volver a verse y a los pocos días René puso en sus manos la biblia con olor a imprenta que le había prometido. Pero Simón no pareció entusiasmado y mirando el libro con recelo le habló de una voz que a cada rato le decía que no hiciera caso a la falsa religión de los testigos. René no pareció inmutarse y con su voz calmada de siempre, lo sacó del error explicándole que no hiciera caso a aquella voz porque era la voz de Satanás que reina en el mundo y odia la verdad de los testigos. Su psiquiatra, sin embargo, opinó diferente y en la próxima consulta le aumentó la dosis de levomepromacina y haloperidol para evitarle el ingreso.

Terminada la revisión del itinerario y hecha la debida plegaria, enfilaron rumbo a la calle del Sol. Un rato después tocaron a una puerta que acababa de cerrase con estrépito. Viendo que no abrían tocaron otra vez y Simón acercó la oreja queriendo comprobar si eran voces lo que llegaba desde adentro. Te lo dije, René —se dirigió acto seguido al otro—. Estos Antúnez cierran la puerta cada vez que nos ven y se esconden allá adentro con su Santa Bárbara para no escuchar la palabra —hizo una pausa y con ojos tintos de rabia agregó—. Me dan deseos de tumbarles la puerta.

—Calma, calma, hermano mío —intentó apaciguarlo René—. Ten presente al salmista cuando dice: Refrena tu enojo; abandona la ira; no te irrites, pues esto conduce al mal —se detuvo un momento y pasándose la mano por su calva, añadió— y recuerda que en Marcos 3:10, Jehová nos enseña que dondequiera que no nos reciban ni nos oigan, al salir de allí sacudamos el polvo que está debajo de los pies, para testimonio de los impíos.

Tener a Simón de compañero, obligó a René a memorizar ciertos versículos bíblicos que usaba en dependencia del estado emocional del amigo. Cierto es que habría preferido una menos gravosa encomienda, pero Jehová, que todo lo dispone, fue quien puso al muchacho en su camino y quien lo hizo su hermano de prédicas, cuando los miembros de la congregación, recelando de las maneras del convertido, comenzaron a rehuir su compañía.

Sacudido el polvo de sus pies continuaron camino y a punto de llegar a la esquina escucharon el estruendo de una voz. No era la primera vez que sucedía y René agarró a Simón por el brazo exhortándolo a no prestar oídos al provocador que rajándose la garganta repitió: … ¡Simón el Armagedón! —No les hagas caso, hermano —dijo René ahora que el aludido daba vueltas en redondo intentando averiguar de dónde salía la voz—. De Cristo también se burlaron y terminaron clavándolo en la cruz. Piensa que esos que te gritan ya tendrán que rendir cuentas a Jehová que se burla de los burladores, aquí está escrito en Proverbios 3:34. Levantó la biblia y sin abrirla añadió: Además, Romanos 12: 17 nos enseña a no devolver mal por mal, sino a ser como Jehová, tardo para la cólera y grande en misericordia como dice el profeta en Éxodo 3:10.

Una vez más las palabras de René —que no eran suyas sino del que las inspiró— fueron como ungüento que ablandó el entrecejo de Simón, alivió la quemazón de sus músculos y puso una sonrisa en sus labios. —Ah, hermano —le comentó a René retomando la marcha— Qué gran honor ser despreciados por la fe que predicamos aunque nos condenen. ¡Qué gozo tan grande hay en las enseñanzas de Jehová y cuánta verdad en los misterios que nos ha revelado a sus testigos!

De cómo Jehová les revela estos misterios se acababa de enterar hacía un par de semanas durante la primera asamblea regional en la que participó. Era la primera vez que el pueblo servía de sede a la reunión y cientos de invitados llegaron de todas partes para participar del evento que arrancó con una plegaria colectiva en el salón del reino. Con voz vibrante uno de los ancianos leyó el saludo llegado del cuerpo gobernante en Nueva York antes de dar paso a una obra teatral en que tocó a Simón encarnar la figura alada del ángel que tan pronto sonaron las trompetas del Armagedón, bajó del cielo clamando: Ya cayó, ya cayó, Babilonia la grande, ya cayó.

Un espléndido almuerzo siguió a la ovación y en la sesión de la tarde tocó el turno a un venerable forastero llegado de Camagüey. El hombre agradeció a los ancianos por la invitación y tras relatar su azarosa travesía, elogió a Jehová por el milagro de haber llegado a tiempo. Luego, con sabiduría comparable a la del rey Salomón, habló a los cientos de congregados de las señales del fin y de las maravillas del reino por venir. Escuchándolo, Simón quedó maravillado de cuanto decía y quiso saber si era profeta aquel que hablaba del futuro como si ya hubiera estado allí.

—Es uno de los 144 mil que nos visita —le informaron los hermanos—. De los que estarán con Jesús en el cielo para impartir justicia el día del Armagedón. Simón ya había leído en *Atalaya* sobre los 144 mil, pero nunca imaginó que tendría el honor de conocer a uno. Quiso entonces saber cómo alcanzó el hombre tal mérito y le explicaron que eso era un asunto entre Jehová, que manda su espíritu, y el ungido que lo recibe. Que aquel que tan bello habló desde el púlpito en algún momento de su vida recibió ciertas señales que trasmitió a los ancianos, y estos a su vez, convencidos por el peso de la evidencia decidieron que, en efecto, el camagüeyano era uno de los 144 mil.

Tan exaltado dejó a Simón la experiencia, que no durmió en muchas noches y aislado del mundo permaneció en su cuarto hasta el domingo de la próxima reunión. Para cuando apareció en el salón la ceremonia ya había comenzado y si grande era su agitación, tanto más fue la de sus hermanos cuando lo vieron interrumpir la prédica y con voz que no era la suya hacer la siguiente declaración: —¡Oh tú, congregación de Ranchuelo! De cierto te digo que este es Simón, hijo de Tony gandinga y sellado por mí para ser uno de los 144 mil. Y fueron sus palabras potentes como terremoto que sacudió las paredes del recinto y puso en estampida a la concurrencia.

Reunidos poco después los ancianos, analizaron la propuesta de expulsarlo por blasfemia, pero prevaleció la razón y siguiendo el consejo de Mateo 17: 21 acordaron una cadena de ayuno y oración para expulsar al demonio que moraba en Simón.

Dos cuadras después, ya en pleno corazón del barrio, una legión devota del chispa 'e tren, reunida bajo un arbusto, escondió a su paso la botella, temerosos de los ojos de aquel que solía reprenderlos por contaminar de inmundicias sus cuerpos. Simón hizo ademán de acercarse pero René le cortó a tiempo el impulso diciendo: —Calma, calma, hermano y deja que el alcohol les consuma los sesos. Ya el Señor les magullará la cabeza por no prestar oídos a su palabra. Así está escrito en Nehemías 9:30 y así será hasta el fin de los tiempos. Jesús nos dejó la encomienda de hacer discípulos para su reino y nos enseñó a no echar perlas a los cerdos.

Un extraño desarreglo crecía en los ojos de Simón y a duras penas su amigo lograría calmarlo cuando de la nada apareció Oscar el olímpico, sacudiendo una pandereta en el aire camino a la iglesia pentecostal. Iba saltando y sus cánticos alababan al Señor que lo salvó de Shangó, Yemayá y otros embustes de Satanás. Al verlo, Simón levantó sus negros puños en alto y si no pudo dar rienda a sus instintos fue porque en el último segundo, René le cortó el paso diciendo: —Déjalo, déjalo, hermano. A nosotros no nos quiso hacer caso y se fue tras esa falsa doctrina que no hace menos daño que sus ídolos de antes —paró de hablar un instante y cerrando los ojos levantó la cabeza buscando el consejo de los cielos—. Pero ya pagará junto con Babilonia la grande, esa maldita ramera que se sienta sobre muchas aguas y que como bien dice la biblia, Jehová quemará con fuego.

Para cuando abrió los ojos no encontró a Simón y sólo alcanzó a ver su espalda justo cuando empujaba una puerta en la acera de enfrente. Era la casa de Tulio maraca y suya fue la voz horrorizada que salió de adentro: —Pero, negro, tú estás loco, ¡suelta eso por tu madre! Siguió un ruido de objetos que caían, y sus gritos se mezclaron con los de otra voz que hablaba todavía más fuerte: —Yo soy Simón, ungido de este pueblo y te ordeno que a partir de hoy no vuelvas a adorar ídolos ni a consultar a nadie en esta casa. Porque es la orden de Jehová de los ejércitos y a mí me toca acabar con tu abominación. De que estaba dispuesto a cumplir aquella orden fue prueba el plato que acto seguido voló a romperse en la calle y la lluvia de cocos, tabacos, plátanos, San Lázaros, vírgenes de yeso y otros artefactos que junto al santero volaron detrás.

Varios días después, un más calmado Simón, atado a su cama de hospital, recibió a su psiquiatra: —Aquí me ve, doctor —le dijo sacudiendo las amarras tan pronto lo vio aparecer— pagando por compartir las buenas del reino.

SOS Miami

El sol comienza a perderse al final de la avenida y Malva apura el paso para escapar a la noche que llega con prisa por sobre los árboles. Le acaban de robar su bicicleta y por segunda vez tiene que recorrer a pie las tres millas y media hasta la casita que renta en el *Southwest*. Miami no es lo que creía. Le bastó un par de días para comprobarlo. Su tío no resultó ser el magnate que va de vacaciones a Dubái ni el que a golpes de *scotch* se sienta a contemplar el mar desde su balcón cada tarde. No brindaron con champán por su llegada, ni los ayudó con los gastos el día que los sacó de la casa.

Por suerte, sólo le faltan diez cuadras y Orlando debe estar esperándola en la puerta. O eso cree, porque estos últimos meses él solo piensa en sus matas. Se detiene un rato a descansar por miedo a que le repitan los mareos, no sabe qué los produce pero les teme. La última vez perdió el conocimiento en plena calle. El pobre Orlando no sabía qué hacer y alguien que llegó corriendo le aconsejó que llamara a emergencias, el reskiu, como dice la gente. Volvió a la vida en el Hospital Bautista. En Cuba ella era bautista y grande fue su alivio al saberse entre sus hermanos de fe. Los médicos la estudiaron de pies a cabeza y no encontraron la causa de los desmayos. Comparado con los chiqueros de La Habana, el hospital era un hotel cinco estrellas, eso le dijo a su madre cuando la llamó a

Marianao. La próxima vez que hablaron evitó contarle la sorpresa que se llevó, cuando a punto de marcharse le entregaron un papel lleno de números, que ella revisó sin entender hasta que un nueve mil, circulado con tinta roja, le reveló la magnitud del desastre. No podía pagar y eso les dijo. El arreglo que siguió redujo la suma hasta un porciento, que ella —sin saber cómo— se comprometió a saldar en porciones durante setenta meses.

Un escalofrío le recorre las piernas y apoyada sobre el muro de una esquina mira en todas direcciones esperando recuperarse. De todo cuanto imaginó de esta ciudad, la única verdad son estos miles de automóviles que como jauría ruidosa cruzan frente a su nariz rumbo a todas partes, llevan prisa en las ruedas y si no se estrellan es de puro milagro, frenan, aceleran, vuelven a frenar, doblan con rabia en la esquina y tal parece que ladran con sus cláxones. A veces le dan deseos de regresar, pero se los traga. No puede perder las esperanzas. Si otros manejan Mercedes Benz, van en crucero a Nassau y visten de Armani y Christian Dior, por qué ella no. Orlando piensa lo mismo, dice que no va a volver a pasar hambre en lo que le queda de vida. El éxito, le asegura, es solo cuestión de tiempo. Aquí, por el momento, sobreviven gracias al trabajito de ella y a las mastecard que él aprendió a hacer con un amigo. Cuando la ve deprimida le recuerda que van a vivir como reyes cuando las niñas paran. Ella cumplirá su anhelo de pasear en limosina por New York y el de hacerse el *tummy tuck*. Él le ha prometido pasearla por los cinco continentes y de espalda al mapa mundi le pregunta si quiere empezar por Europa o por su más grande sueño, París. Malva se asusta demasiado con lo que ve en las noticias y Orlando le ha prohibido sentarse frente al televisor. Si la ve muy nerviosa le recuerda que ya le preguntó a Orula y el que más sabe le dijo que no hay lío con sus matas, que a Orlando pepino no hay policía ni FBI que lo tranque.

Espera por la próxima luz roja y sobreponiéndose al dolor de las rodillas cruza hasta la acera del frente. Los talones le arden como fuego pero más le preocupa los destellos verdes y amarillos que empieza a ver adelante, casi tan intensos como los que antecedieron al último desmayo. Un soplo de viento húmedo llega a secarle la frente y batiendo las ramas de los arboles sigue calle abajo impregnado de olor a hamburguesa, a esencias dulzonas, a humo de carros. Respira con alivio al pensar que ya falta menos. Levanta la vista y a través de los destellos, calcula que unas tres cuadras. Tiene que apurarse. No puede darse el lujo de volver a perder el conocimiento en la calle. Nada quiere saber de hospitales, ni de hermanos de fe, ni de médicos que quieran salvarla. Si algo tiene claro es que le teme más al reskiu que al desmayo.

La casa de la esquina le recuerda que del otro lado está la que renta hace dos meses con Orlando. Quiere correr pero no le alcanzan las fuerzas. Las piernas le pesan toneladas y a duras penas avanza. Unos pasos después se detiene. Medio aturdida, echa mano a las fuerzas que le quedan pero siente que los pies se le han clavado en el suelo, como los arbustos que adornan la avenida o como la señal de tránsito contra la que ahora se recuesta. El mundo comienza a dar vueltas a su alrededor y a punto de caer sus ojos tropiezan con los de un desconocido que camina en sentido contrario. El hombre algo le dice pero ella no lo entiende. Sigue una algazara de pasos, gente que llega, rostros sin nombre, ruidos, voces extrañas. Chillan todas a la vez y sus gritos son como de tormenta distante. Siente que alguien la sostiene y estira los brazos buscando aferrarse. Quiere hablar y no logra más que un confuso balbuceo. Los destellos son ahora más intensos y convertidos en rojizas espirales se le meten adentro. Intenta hablar otra vez, pero el vértigo bloquea sus sentidos, la confunde, no sabe dónde está ni que sucede. La tierra retumba bajo sus nalgas ahora que una voz sobresale por sobre las otras. No entiende lo que dice pero sabe que es la de Orlando. Escucharlo le devuelve algo de calma hasta que un sonido inconfundible vuela a estremecerla desde los confines del vecindario. Trata de hablar y su esfuerzo aplaca por fin el clamor del griterío. El sonido es más intenso cada vez y justo en el último momento, un segundo antes de que se apaguen sus últimas neuronas despiertas, con vocecita entrecortada, casi un susurro entre sus labios, se le escucha decir: No llamen al reskiu, no llamen al reskiuuuuuuuuuuu…

Pepito la labia en Texas

A Darito y Aylen

No demoró un segundo en aceptar la propuesta. Vender era lo suyo y de su tremenda habilidad daban fe los años que pasó en La Habana viviendo de cuanta cosa aparecía, desde langostas de Caibarién, hasta cebollas de Pinar del Río. La oportunidad le cayó del cielo dos semanas después de cruzar de México a Texas. En Houston decidió quedarse y en un viejo edificio del *Southwest* se presentó una mañana para comenzar el entrenamiento. Un robusto se-ñor lo recibió en la puerta y sus ojos de halcón le re-cordaron los del oficial de inmigración, a quien en la fron-tera tuvo que explicar mil veces, que no era cocaína el polvo blanco que traía en el bolso, sino un resguardo contra la mala suerte que en Cuba llaman cascarilla.

Las ventas serían por teléfono y en español. Un trabajito tranquilo, lejos de los riesgos que lo llevaron a correr por las calles de La Habana perseguido por la policía o por ex clientes, a quienes había vendido en cien dólares los Rolex que un amigo compraba en Nicaragua por tres. Crema de Concha Nácar era el nombre del producto y en el entrenamiento le enseñaron cómo abordar al cliente hasta convencerlo de que necesitaba limpiar de impurezas su piel, y que la Concha Nácar era la única solución posible, pues no sólo quita las manchas, sino que nutre, revitaliza,

185

controla la flora bacteriana y penetra como ninguna a regenerar los tejidos más profundos.

En la tarde ya estaba listo y tan pronto le entregaron el registro de potenciales clientes marcó el primer número. Una voz con acento familiar le respondió y el recién estrenado vendedor no demoró en hablarle de las impurezas de la piel y del mágico producto. A mitad de la exposición, el cliente lo interrumpió y ya no tuvo duda sobre la nacionalidad del individuo cuando le escuchó decir: Mira, asere, vete pa' la pinga con la crema esa, y a este número no llames más.

Si no ripostó fue porque en el último segundo —a punto de estallar, como sólo sabe hacerlo un hijo **del barrio de Jesús María—**, recordó las reglas de la agencia que prohibían responder a insultos. Con los días se fue acostumbrando y muy pronto sus oídos comenzaron a escuchar, sin sobresaltos, increpaciones como: dale a la mierda, che; no mames, güey; vete a la verga, cabrón; y otras no tan universales pero de igual connotación como, hijo de la chingada; vete pal coño, gonorrea; chinga tu madre, culero y su no menos cruda versión, la conchetumadre, culiao.

Dos semanas después, sin una sola venta en su hoja de servicios, su jefe no puso objeción cuando Pepe le informó que se iba a probar suerte en otra empresa. Nada sabía de electricidad ni mucho menos que se podía vender de puerta en puerta. Pero en ventas directas era especialista y confiaba en que no fallaría esta vez. *TXU Energy* era el nombre de la compañía que lo contrató, y en las oficinas centrales le enseñaron como proceder desde el momento en que el cliente abre la puerta:

1- Presentarse mirándole a los ojos.

2- Despejar cualquier sospecha apuntando con el dedo al logo que trae grabado en el pecho.

3- Preguntar si es él o ella la persona cuyo nombre trae escrito en la carpeta.

4- Anunciarle que pagan demasiado y que los números no mienten, como no mentiría él si le dijera que no hay una tarifa mejor que la que ofrece *TXU Energy*.

5- Indicarle —otra vez con el dedo— que es tiempo de llevar la conversación adentro y sin mirarle a los ojos comenzar a limpiarse las suelas con el piso.

Sin descanso practicó los pasos y tras perfeccionarlos, logró llegar a una sala en su tercer intento. A la mujer —americana que hablaba muy buen español— le pareció magnífica la oferta y sentado en un butacón lo dejó para subir a buscar sus documentos. Satisfecho del éxito, se acomodó Pepe en el asiento y mientras organizaba sus papeles llegó hasta sus oídos la advertencia de la gringa:

—No te asustes si ves mis mascotas, que no hacen nada.

El habanero miró a su alrededor y ni sus ojos, ni su olfato le revelaron la presencia de animal alguno. Un segundo después, descubrió una sombra bajo la mesa que tenía enfrente y al poner atención comprobó que el animal, o lo que fuera, se movía. Otras dos sombras avanzaron desde el librero y antes de que algo pudiera hacer se vio rodeado de arañas gigantescas cuya horrenda aparición habría puesto en estampida a una legión de centuriones. Trepó de un salto al butacón conteniendo su horror en un grito, que ya no pudo aguantar cuando el resto de la tropa descendió por la cortina que tenía detrás. Su cliente regresó corriendo a rescatarlo y un azorado Pepito, pareció haber olvidado las razones que lo habían traído. Su único interés era llegar a la puerta y eso exactamente hizo en cuanto la mujer le abrió paso. Más tarde celebraría su suerte al enterarse que aquel puesto de vendedor se lo debía al *rottweiler* que a pocas cuadras de allí, recibió en la puerta a su predecesor.

Por aquellos días un vecino lo invitó a unirse a su equipo constructor de apartamentos pero él, agradeciéndole el gesto, le respondió que sus manos le hacían alergia al cemento. Fue por proteger su piel —demasiado sensible al sol— que declinó la propuesta de construir carreteras y cuidar de su cutis la razón por la que no regresó al calor del restaurante que lo contrató como ayudante de cocinero.

Lo suyo eran las ventas y sin pensarlo dos veces aceptó el puesto en una oficina cercana a su apartamento de la avenida Hillcroft. La suerte le sonrió al fin y en poco tiempo hizo realidad su sueño de tirarse una foto en la cama cubierto con billetes de cien. Cada día colectaba más que el anterior y ya pensaba en Lexus y Mercedes Benz cuando el destino lo sorprendió el día en que recién llegado a la oficina, procedió a hacer la primera "re-colección". Con gesto maquinal levantó desde su asiento el auricular, marcó nueve dígitos en el teclado y en tono formal se presentó al escuchar una voz de mujer. Sin pausa le informó que llamaba para hablarle sobre cierto retraso en unos pagos y cuando ella pareció no entender, él le habló de un contrato de apartamento que había firmado alguna vez. Ella respondió que nunca había firmado nada y susurrante la voz, le explicó que tal cosa era imposible porque de esos asuntos se encargaba su marido. Él le insistió en lo que debía y ella en que la dejara tranquila y no la volviera a molestar.

La próxima vez que hablaron —apenas segundos des-pués— el cubano comenzó por advertirle que además de su número de teléfono y dirección sabían que era de Guatemala, que entró al país ilegalmente y que de resistirse a pagar no le iba a quedar otro remedio que llamar a Inmigración. Siguió un intervalo de silencio que ella rompió entre sollozos, pidiéndole unos minutos para pensarlo mejor. El "recolector" accedió y un cuarto de hora más tarde, en lugar de un susurro de mujer, le respondió el vozarrón frenético de su esposo. Pepe contraatacó de inmediato y sin hacer caso a insultos, ofreciendo reba-jas, negoció hasta que el hombre le pidió la dirección para enviar el pago.

La segunda colección tuvo el mismo éxito que la anterior y así las muchas que siguieron hasta que llegada su media hora de almuerzo, creyó escuchar que alguien gritaba su nombre a través de la pared. Intrigado salió al pasillo justo cuando el vozarrón insistía en hablar con el sinvergüenza que había puesto a llorar a su esposa. «*He got a gun*»[4], –oyó gritar a una señora y el poco inglés que sabía le alcanzó para entender que era tiempo de correr. Medio segundo después fue el primero en alcanzar la puerta de emergencia y el primero en abrirse paso a través del jardín, un parqueo, dos parques y la avenida a continuación. Más tarde supo que el hombre jamás apretó el gatillo y, por ende, los disparos habían sido obra de sus nervios, que al llegar la policía arrestó a medio mundo, y que, como en La Habana, sus piernas lo salvaron de la prisión.

[4] Tiene una pistola

El viaje en avión de Lazarito el fuerte

De nada sirvió que el tiempo estuviese de maravilla ni que el piloto prometiera un viaje tranquilo a Cancún. Lo ideal habría sido un trago de whiskey, pero el apuro hizo que dejara en casa ese único remedio contra la punzada que se me clava en el vientre cada vez que Yam me obliga a subirme a un avión. Cierto que para entonces había aprendido a controlar el deseo frenético de sacudir las piernas y aferrarme —como en una montaña rusa— a los brazos del asiento. No me espantó la visión de la mujer que se persignó del otro lado del pasillo y pude incluso hasta reír, cuando descubrí a Yam atenta a mis reacciones. Más de quince viajes en avión me habían enseñado a controlar cualquier arranque de mis nervios, salvo aquella maldita punzada que se hizo escalofrío de muerte en cuanto el ruido del motor creció y el aparato aceleró sobre la pista. Ascendíamos y a la fastidiosa sensación siguió la erupción intestinal de otras veces, gases que sonaban como truenos acompañados por una quemazón en el vientre. El avión hizo un giro leve a la izquierda y justo entonces tropecé con los ojos de una anciana que sonrió al ver que me inclinaba a la derecha. Instantes después concluyó el despegue y el piloto hizo el anuncio a través del altavoz. Yam respiró aliviada mientras para mí comenzaba una vez más la lucha entre la imperiosa necesidad de ir al baño y mi absoluta renuencia a hacerlo. Jamás me había puesto de pie en pleno vuelo y ni mil retorcijones juntos iban a hacer que cediera esta vez. Aguantándome estaba cuando el pasajero de enfrente se zafó el cinturón y viéndolo avanzar por el pasillo me pregunté cómo podía hacerlo, cómo podía alguien atreverse a caminar tan relajado en el cielo. Yam hizo acto seguido lo mismo e intentando sonreír le respondí que no cuando me preguntó si quería acompañarla. Un rato después regresó, se acomodó en el asiento y justo cuando empujando sus carros aparecieron las aeromozas, sentimos, casi al unísono, un olor como a mecha encendida, a humo gomoso, a cable eléctrico que se quema. Pronto los gestos y las voces de los demás pasajeros nos revelaron que ellos olían lo mismo. Respiré despacio y logré engañar a mis tripas hasta que vi el horror en los rostros de las aeromozas. Mis intestinos reaccionaron con saña y supe que habían ganado la pelea en cuanto descubrí la urgencia con que las dos mujeres destapaban cada maletero y se arrodillaban para olfatear bajo los asientos en busca del fuego. Cerré los ojos y con fervor de cartujo me entregué a mis rezos, hasta que la voz de Yam me aseguró que el peligro había pasado. Hice entonces una inspiración profunda y noté que, en efecto, el humo se había ido con la misma rapidez que apareció. Pronto todo en el avión regresó a la calma salvo una única cosa, mi vientre. Fue así como obligado a superar mis miedos, me zafé el cinturón, le pedí a Yam la toalla con que se cubría las piernas, me puse de pie y caminé a asearme.

FIN

ÍNDICE